L'HOMME
DE SEDAN

PAR LE

Citoyen **ALFRED DE LA GUÉRONNIÈRE.**

Il mourra dans l'impénitence finale.
(Ecclesiaste).

MARSEILLE,
IMPRIMÉ AUX FRAIS DU CLUB DES PATRIOTES.
—
26 octobre 1870.

L'HOMME DE SEDAN.

Séance du Club des Patriotes de Marseille

du 20 Octobre 1870.

Le Comité, après avoir pris connaissance de l'ouvrage intitulé : **L'Homme de Sedan,** par le CITOYEN ALFRED DE LA GUÉRONNIÈRE, et trouvant cet écrit, d'accord avec les principes de salut public, qui dirigent le Club des Patriotes, décide :

1° Le citoyen Alfred de la Guéronnière à bien mérité de la reconnaissance des vrais Français;

2° L'impression de son livre sera faite à Marseille, aux frais du Club des Patriotes, pour sa vente, en être activée et propagée dans toute la France.

Ainsi décidé en séance publique du Club, sur la proposition du Comité, le 20 octobre 1870.

Le Président,
V. CASTEIGNAC.

Le Secrétaire,
E. PARABEL.

L'HOMME

DE SEDAN

PAR LE

Citoyen **ALFRED DE LA GUÉRONNIÈRE.**

Il mourra dans l'impénitence finale.
(Ecclesiaste).

MARSEILLE,

IMPRIMÉ AUX FRAIS DU CLUB DES PATRIOTES.

—

26 octobre 1870.

AVANT-PROPOS.

En vain la Providence, le sort des armes ont prononcé sur l'Empereur renversé sous le poids de ses fautes. Du trône qu'il avait élevé sur la violation du plus solennel serment, il s'est précipité lui-même dans la captivité. Celui qui a fait verser tant de sang ne voulait pas risquer le sien. Sa valeur, célèbre dans les bulletins officiels, a fait défaut au champ de bataille : il semblait qu'une si honteuse chute n'eût plus qu'à se dissimuler dans l'égoïsme d'une paisible retraite.

Au lieu de ce que lui prescrivait la pudeur la plus vulgaire, le bonapartisme, faisant de la mauvaise foi le cortége de sa défaite, intervertit les rôles, travestit les responsabilités : il y a donc l'urgence d'un devoir à faire la lumière. J'avais voulu exposer l'idée sans enseigne. Après avoir lu, on comprendra pourquoi j'ai décliné l'anonyme. — C'est donc à visage découvert que je viens soutenir les droits de la vérité dans la justice. Puissé-je en réfléchir le rayonnement, sans lequel tout est ténèbres ! En effet, il y a dans la vie de c es conjonctures solennelles où se taire c'est être complice.

Le moyen, en vérité, de contenir l'âme prise de douleur devant cet océan de ruines et de désastres ! La vue s'y trouble, la pensée s'y anéantit à ce point que le passé le plus saillant n'est plus qu'un point perdu.

L'homme aujourd'hui soumis au jugement de l'histoire n'a-t-il pas conspiré successivement contre son pays, ses institutions? Les divers États de l'Europe, y compris la grande république des États-Unis, ont été l'objet de ses trames. Il commença par rêver, décréter même, un jour, l'annexion de la Belgique, cet heureux pays où le malheur de la France a recueilli des sympathies, transformée en une admirable assistance pour les prisonniers et les blessés. C'est touchant. Honneur et merci aux Belges et au gouvernement de ce libre pays !

Le maréchal Saint-Arnaud fit abandonner l'attentat. Hélas ! la France, abusée par le charlatanisme organisé qui avait accaparé jusqu'au monopole de la publicité, doit savoir aujourd'hui que l'homme aux *coupes sombres,* a étrangement employé les forces que lui a livrées le coup d'État sanctionné par les *plébiscites,* ce grand remords *national.* Il n'a servi qu'à féconder les anarchies par l'anarchie d'une origine criminelle ! Jamais expiation n'a été plus terrible.

Eh bien! devant cette prétention qui étale le

cynisme dans l'audace, — après Sedan, cette pierre
sépulcrale du déshonneur sur un nom, sur une race,
les laves de l'indignation la plus ardente ne peuvent
être que les scories d'un volcan : il a pour foyer la
fournaise de l'indestructible anathème.

Un journal publié à Londres, spécialiste de la
restauration bonapartiste, avec l'argent dont on sait
l'origine, *la Situation*, entreprend la propagande
du mensonge — et de la calomnie. Il s'agit de faire
renaître le pouvoir écrasé sous la bombe que le
césarisme plébiscitaire a fait éclater contre lui-
même. Nous avons recueilli une bombe prussienne
sur le champ de bataille de Baseilles; elle fut
inoffensive, comparativement à celle que Napoléon
s'était fait couler par la France trompée. La première n'atteint qu'une fraction, ce qui est trop. La
dernière a laissé une nation gisante sous le coup de
l'ennemi. Voici le legs de l'empereur à la nation
qu'il brûle de victimer encore.

C'est donc l'heure d'ouvrir l'instruction criminelle, ne laissant aucune issue aux faux-fuyants.
Combien de faits, de témoignages accablants vont
en surgir ! Déjà ils font irruption dans la presse de
l'univers, qui, chaque jour, rend plus retentissant
et unanime l'écho accusateur. Ce sont les préludes
d'une dégradation; les rois scandalisés ne décline-
ront, pas plus que les peuples, la voix de ce tribu-
nal qu'on appelle l'opinion.

Mais l'auteur de tant de maux est celui qui,
après avoir provoqué, même consacré la cause,

tout à coup, au mépris des avertissements du Nestor de la politique, M. Thiers, a prétendu étourdiment faire rebrousser l'effet : il reste donc devant la France, l'humanité, le véritable coupable, l'entrepreneur de ces hécatombes de la mort, bien dignes de ce nom fatal.

C'est ce que nous allons démontrer.

Citoyen **ALFRED DE LA GUÉRONNIÈRE,**

CHATEAU DE THOURON,

HAUTE-VIENNE

(FRANCE).

(EN PASSAGE A BRUXELLES).

L'HOMME DE SEDAN.

I

Un homme s'est rencontré, non tel que Cromwell, pour faire amnistier son usurpation par la gloire et par la prospérité nationales. A l'encontre du Protecteur, le prétendu sauveur de la mascarade sanglante du 2 décembre a engagé, profané, perdu le patrimoine sacré, remis en ses mains, par un peuple pris du vertige d'un nom fastique. — C'est par ce sortilége, qui entraînera toujours la foule dans le piége, que le berneur des paysans dont l'ignorance ne saurait discerner ni principes, ni libertés, ni supériorités, a pu follement bouleverser la tradition des âges, faire insulter la gloire, — emprisonner les plus illustres de l'armée de la tribune, — flétrir les plus honorables services, — démoraliser le suffrage universel, au sein duquel il plaçait le ver rongeur de la candidature officielle, — désorganiser toutes les branches, — faire pulluler les traitants, les péculats, les désordres en tout genre, allant jusqu'à offrir au pays une fausse armée, un matériel mensonger, enfin — pour dénoûment tragique de cette comédie de vingt ans, lui donner la capitulation de Sedan, cet abîme dont le patriotisme et même l'étranger osent à peine sonder la profondeur.

1

II

Distributeur des emplois, de la fortune publique, chef d'une bande de sycophantes, de séides, — enrôlant toutes les ambitions, les cupidités, — enlaçant le pays dans les rets d'une police innombrable, — faisant tristement dire : « L'Empire, c'est l'espionnage, » — affaiblissant l'armée du pays pour donner à sa personne une garde prétorienne où la patrie s'éclipsait devant l'homme distributeur des grades et des croix, — comptant, dans tous les recoins d'une administration formidable, des condottieri prêts à tout, ces Corses dont « les Romains, au dire de Tacite, ne voulaient pas pour esclaves : » on sait quel fut son sacre de sang et de proscriptions. On a raillé les symboles qui empruntent leur prestige au passé, où la religion s'unit à la tradition héréditaire, sous le bandeau des souvenirs qui moralisent une nation. Reims et son ampoule ont fourni aux Beaumarchais de la critique un texte d'inépuisable satire. Serait-ce mieux de canoniser la dérision plébiscitaire, sous la surveillance d'une soldatesque en débauche ? Pour cette investiture, il y a deux vedettes, l'ignorance et la peur. On peut raccoler les *oui*, le sang reste, ils ne le lavent pas.

Qui ne frémit en songeant à cette nuit du 2 décembre, quel tableau en a été fait ! Mais ces horreurs, les émotions qui s'y rattachent, sont indescriptibles et mettent en mémoire ces paroles : « le sang appelle le sang, comme l'abîme appelle l'abîme. » Malheureux peuple, que celui où le pouvoir a une si criminelle origine ! Qui contestera que Napoléon III s'est faufilé par une voie de sang et d'un système de terreur, près duquel a pâli, dans ses effets, celui des Danton et des Robespierre ! Encore ces hommes,

auxquels s'attache le juste stigmate de l'histoire,
avaient-ils pour excuse la patrie à sauver ; mais
Napoléon venant, après Lamartine, qui avait tenu
docile la foule et les clubs révolutionnaires ; après
Cavaignac, Lamoricière, Bedeau, qui avaient dé-
sarmé l'émeute de la rue ; qu'était-il autre qu'un
exploiteur qui, se couvrant du masque de l'ordre,
créait le désordre ? Sous le vain prétexte de sauver
la société, il allait ouvrir pour elle, pour l'étranger
et la nation, cette cascade de défiances, nécessitant ces
armements ruineux. Ils appelaient Sedan la plus funeste page de l'histoire de France, le siége de Paris, ce
malheur immense, dont le fait seul est un désastre.

Et lorsque ces désolations épouvantent le monde,
soulèvent contre leur exécrable auteur l'indignation
des plus indifférents, alors que le Prussien lui-même,
sur les routes de France, et dans les maisons enva-
hies par lui, semblait, faisant la part de l'humanité,
déplorer « que l'agresseur de son roi », comme il le
dit, l'ait obligé à cette rude et triste besogne, — que
fait ce fugitif ?

Après avoir détourné, pour le soin de sa personne,
et celui de ses luxueux bagages rappelant les rois
asiatiques, des forces si nécessaires là où l'on se bat-
tait, il se livre (1). Lui-même fournit la serrure qui
va river la chaîne de captivité d'une armée, sur
laquelle reposait le sort de la France. L'ambition
exclusive d'un homme se joue de l'une et de l'autre. — Alors, emportant les débris de ses splendeurs
insensées, étalage sous lequel, aux yeux de la foule
hallucinée, il dissimulait sa petitesse, il ne rougit
pas de montrer à son austère vainqueur, aux Ger-

(1) La lettre du général Wimpfen ne permet plus l'équivoque et ne laisse plus d'accès à la mauvaise foi : elle
anéantit le certificat d'innocence, aumône des aides de
camp.

mains étonnés, le contraste de tant d'humiliations avec la file des chevaux qu'il transporte dans un somptueux exil. — Les récits de ceux qui l'ont vu, à cette heure, pour lui grosse de tant de remords, respirent une pénible impression. Comment ne pas la ressentir, alors que ce faux empereur, source de tant de misères et de larmes, son éternelle cigarette *d'hébétement* à la bouche, ayant pour réponse aux plus saisissantes causeries le continuel tic du tourment de sa moustache, lorsque, disons-nous, *cet envoyé de la fatalité*, que le chrétien nomme plus justement la colère divine, va se pavaner impassible dans le sybaritisme d'un palais du triomphateur, aumôme que celui-ci fait au vaincu.

Voilà l'homme — ce n'est qu'un pâle galbe — de ce que cette figure dite longtemps indéfinissable a frayé, dans son cours de vingt ans, c'est-à-dire la voie de la décadence, comme s'il se fût donné la mission de creuser le tombeau de la France.

III

Ah! celui qui écrit ces lignes, faisant écho à la grande voix de Châteaubriand, son premier et glorieux maître et modèle, crie à son tour, « non, je ne veux et ne puis croire que j'écris sur le tombeau de la France. »

Si cela pouvait être, il y aurait de quoi élever contre la Providence l'amertume de l'imprécation du poète orateur qui, à travers l'apothéose des cendres, entrevoyait l'écueil où poussait la séduction d'un symbole. — Vainement plus tard, Lamartine tenta d'écarter le masque qui dissimulait à la foule l'homme sinistre. Le peuple abusé éleva de ses propres mains, au sommet de l'empire ce souverain du désastre. Il enveloppe la patrie qui, comme Rachel, veuve de sa gloire, pleure ses enfants. Ce *sauveur*, comme il s'intitulait fastueusement, lui a-t-il fait assez boire au calice des douleurs et des hontes? Combien de ruines encore? Combien de morts exigent l'ineptie et la trahison qui ont été le solde final laissé à la France!

Ceci dit, dans la sincérité de la conscience, pour la justice de l'histoire, dont le flambeau fera tomber l'œil sur de bien plus tristes découvertes et lamentables effets, nous abordons une rumeur venue de la presse officielle de Berlin.

IV

Ces mystères d'iniquité — ces tripotages de toute sorte empruntant les formes de pot-de-vin, de la participation d'une mise en commun de bénéfices à prélever par les associés sur la crédulité publique, drainant l'épargne des familles, affectant le capital provincial — ces marchés usuraires, l'exploitation des fournitures, des devis surfaits dans le monopole des travaux publics et adjudications de l'État — la commandite de toutes les cupidités liguées ensemble contre cette pauvre nation livrée en proie aux cormorans — les licences accordées par le conseil d'État et le souverain ayant la manche large, à des sociétés de malheurs, telles que celles du Crédit mobilier et tant d'autres — les agents financiers transformés, un beau jour, en pêcheurs pour appâter, amorcer le capital — en faveur du Mexique, guerre entreprise pour le profit de quelques spéculateurs, grâce à une misérable majorité de serviles, vainement avertie par l'illustre Thiers, — tels sont

1*

les souvenirs qui non-seulement blessent la France, mais encore l'humanité, aussi l'honneur des couronnes, et la moralité dont les gouvernements doivent l'exemple aux peuples. Ah ! voilà des témoinages qui se lèvent accablants, solennels pour protester contre une ténébreuse intrigue de l'empereur déchu et ses associés ; de leur part, il faut s'attendre à toutes les folles conceptions ; on dirait des joueurs désespérés. Pour retrouver leurs grosses prébendes, non conquises par des services, mais fruit de l'abjecte courtisanerie, que ne feraient-ils pas (1) !

V

Quoi qu'en puissent dire les journaux officiels, la presse de Berlin, ceux qui tiennent pour principe que la moralité d'un gouvernement doit répondre à celle de la conscience humaine ne sauraient admettre une aussi téméraire allégation, en ce qui se rattache à ce projet qui laisserait un honteux rôle à la Prusse. Car il est une loi souveraine qu'on a dit avec

---

(1) Nous laissons parler un témoin oculaire, sur le témoignage de l'*Etoile belge*.

« Ce qui m'a le plus frappé, lorsque j'ai vu l'empereur, le prince Ney de la Moskowa, Pajol, Castelnau et Reille, le 2 septembre, au château de Bellevue, ç'a été leurs brillants uniformes ; on eût pu croire par la splendeur de leurs vêtements qu'ils étaient les maîtres de la situation. Il paraît que ceci n'a pas fait le meilleur effet sur les soldats français fatigués et harassés. La veille de la bataille de Sedan, lorsqu'une partie de l'armée de Mac-Mahon a vu arriver l'empereur, son état-major et toute sa maison militaire, dans leurs splendides costumes, pas un soldat n'a crié : « Vive l'Empereur ! » Quant à la maison militaire, elle a été huée. Les zouaves les ont engueulés, m'a dit un officier, en se servant d'une expression un peu soldatesque. »

raison être la religion de la terre, et que Montesquieu a définie être l'essence d'une monarchie, c'est l'honneur. Eh bien! on n'y forfait pas impunément, quelque puissant que l'on soit, à la face du monde.

Napoléon III en a subi le châtiment; avant lui, son oncle, qui était l'Attila acharné aux vieilles dynasties, en avait fourni la preuve encore plus frappante, lui, assassin délibéré de Condé, le voleur de couronnes même par guet-apens, au besoin, comme il le fit pour l'Espagne, l'*insulteur* de l'héroïque et belle Louise de Prusse, laissant un volcan de colère, au cœur d'un peuple dont la France, plébiscitaire, folle, chauvine, est la victime aujourd'hui.— Quand on n'est ni Catilina, ni Napoléon III, quand on a le respect d'un nom, de ses souvenirs glorieux, celui de l'opinion du monde, on n'assume pas, inconscient de la pudeur et du sens commun, la responsabilité d'un outrage qui ne s'adresserait pas seulement à la France indignée, protestant par son dernier homme de cœur et d'honnêté, mais qui appellerait le *tolle* de l'Europe. Elle lancerait le stigmate à l'Érostrate qui viendrait brûler le temple où la moralité humaine a élevé l'autel des honnêtes gens. Là il n'y a pas deux manières de sentir, de percevoir, de conclure; ce n'est pas une règle autre à Berlin qu'à Paris, à Londres et à Saint-Pétersbourg.

L'écho de la cabane répond à la voix des villes; l'ouvrier, dans son échoppe, concorde avec l'aristocrate, lorsqu'il s'agit d'honorer ce qui est grand, de flétrir ce qui est odieux. — Voilà ce qu'on appelle l'opinion : elle assigne à chacun sa place. La noblesse des actions se détache dans sa lumière, le stigmate se pose sur les profanateurs.

Ainsi donc, à ce point de vue, il est facile de faire la part de chacun et de pressentir le cours des choses. Quelque prix qui puisse offrir le bénéficiaire désho-

noré d'un pareil marché, quelque disposé soit-il à
fouler toute décence, à faire du peuple dont son nom
a surpris la confiance, la litière sanglante d'une âpre
convoitise, succédant à l'ambition effrénée qui lui a
fait engager la guerre, sous un fallacieux prétexte,
oh! ce n'est pas un roi de race qui descendra à la
bassesse d'un pareil marché, qui peut laisser le laurier de la victoire s'égarer, se flétrir dans une pareille boue (1).

Quelque grande que fût la soumission de sa poupée
impériale, prête, au besoin, pour retrouver les va-
niteuses mollesses de son sybaritisme couronné, à
faire de sa main l'étrier de son vainqueur, eh bien!
celui-ci, par le fait de l'abjection même de sa créa-
ture restaurée, ne peut et ne veut épouser le discrédit, provoquer l'horreur qui surgirait d'une si honteuse anomalie. Quoi! ce serait là le prix du sang
versé à torrents, de ruines par milliards, tapissant
la France, et refluant sur l'Europe atteinte elle-même
par l'anéantissement de tant de valeurs, où puisaient
son commerce et son industrie! Quelle ironique
compensation au deuil de tant de familles qui, en
Allemagne, pleurent aussi des héros confondus dans
l'ossuaire des nôtres, sur tant de champs de bataille
d'une guerre, dont est uniquement responsable cet
homme sinistre, l'empereur des *plébiscistes*! C'est
justice d'y solidariser sa majorité formée par la candidature officielle, cette forêt de Bondy du suffrage
universel. Dans un ouvrage, l'acte d'accusation le
plus complet et le plus énergique qui, — suivant
l'expression du *Temps*, — ait été dressé contre la
politique intérieure et extérieure du second Empire,

(1) Voir le discours à jamais mémorable de M. Thiers,
dans la séance du Corps législatif du 15 juillet 1870.

les plaies du système ont été dévoilées dans leurs terrifiants aspects (1).

Que celui, tour à tour meurtrier — ravisseur de l'antique et légitime patrimoine de la maison d'Orléans, lequel avait été respecté et tenu pour inviolable par la république de MM. Crémieux, Ledru-Rollin, Louis Blanc, par la nation ; — que le dilapidateur du fond national et, en particulier, du budget de la guerre ; — que l'inventeur du plébiscite, cette façon d'escamotage, par le crible de l'ignorance du paysan ou de la passion populaire si facile à enflammer, appliquant les procédés de Robert Houdin à la souveraineté non conquise, mais artificieusement dérobée aussi dextrement qu'une muscade ; — que le conspirateur dont les ténébreux desseins ont eu tour à tour pour objectif les peuples flattés, entraînés et abandonnés, les couronnes et Etats divers qu'il a prétendu dissoudre, les uns par les autres, avec un machiavélisme en action qui, finalement, s'est retourné en expiation contre le provocateur ; — que l'entrepreneur d'un pareil et si complet chaos, à l'aide d'un diadème et d'un nom dissimulant, pour la foule, son indignité, ait pu persuader aux paysans, voyant, les uns en lui un sorcier, les autres par le fanatisme de l'oncle, tôt ou tard, l'infaillible rénovateur d'Austerlitz et d'Iéna ; enfin, par sa fourmilière d'agents et sa cascade des mensonges du charlatanisme, sous toutes les formes, ayant mis dans toute la gent rurale et fonctionnariste l'écho adulateur que lui seul, Napoléon III, plus fin que les rois ses frères, inférieurs en génie, plus profond que le comte de Bis-

(1) *La Politique nationale*, grand in-8° de 500 pages, par le comte Alfred de la Guéronnière, auteur des *Hommes d'Etat de l'Angleterre, de la Prusse et de l'Europe ;* de *la France et l'Europe*, de *la Voix de la France*, etc., formant les annales de toutes les défaillances du second Empire.

mark, les Gortchakoff, les hommes d'État de l'Angleterre et de tous pays, finirait, comme coup décisif
du maître, par recueillir les épaves du naufrage de
ceux dont il avait marqué la chute, à l'heure où il lui
plairait de sonner leur agonie, sur le cadran du
temps ; — que cette pluie d'adresses, de compli-
ments, de consécrations idolâtres, par les corps cons-
titués, dans un esprit de servilité digne des jours
dégradés du bas-empire, — qu'un magot de telles
flatteries, élevé par les Rouher, les Lavalette et tant
d'autres, à l'infaillibilité d'un dieu, objet, pour ces
tigellins, de plus d'hommages sur le trône de sang
et de boue du 2 décembre que le roi des cieux ; —
qu'halluciné par les voluptés et la vapeur que des
courtisans pareils devaient répandre dans cet esprit
sombre d'abord, détraqué plus tard, il ait pu pousser l'infatuation jusqu'à se croire missionnaire de la
fatalité pour reporter à l'Europe (1) monarchique ou

(1) Un homme dont l'atticisme de langage burinait la
pensée. M. Cousin, me disait un jour : « Napoléon me fait
l'effet d'un pirate qui, envahisseur d'une île, veut légaliser
sa déprédation : voici comment il s'y prend : il occupe l'escalier et le rez-de-chaussée et se fait le truchement des
communications entre les intérêts et classes : il dit aux
pauvres, aux travailleurs relégués dans les dessous inférieurs, en leur montrant les étages supérieurs : Vous entendez ces cris de joie des riches, des privilégiés, ah ! les
égoïstes, ils vous laisseraient mourir de faim, mais fiez-vous
à moi, pauvreteux que vous êtes, je vais les mettre à contri-
bution pour vous secourir : alors on découvre la perspective
chatoyante du socialisme; puis, se retournant, ce trompeur,
par inclination et calcul, dit aux riches : « Vous entendez
ces rugissements de convoitise contre vous, on veut vous
dévorer, le spectre rouge vous guette, moi je le contien-
drai, je l'anéantirai ; seulement, cela exige de grands sacrifices ; on ne saurait trop payer sa sûreté. » Alors on accroît
l'impôt, on multiplie les emprunts. « *Je n'ai rien tant de
peur* que de la peur, » disait le sage Montaigne. On sait, en
effet, où a abouti cette double mystification ; que, trompé
dans ses calculs, comme un homme nourri d'une haine
contre le passé dans ce qu'il avait d'auguste, contre le génie

constitutionnelle, qu'il enveloppait dans le même
ostracisme, la dissolution qu'il a inoculée à la France,
où il a tout bouleversé, sans rien reconstituer; qu'au-
dessus de cette mer de larmes survive l'homme si-

dans ce qu'il offre de recours à une nation trop longtemps
abusée, ne voyant que ses sycophantes, il ait mis par lui et
pour eux la France en coupe non réglée, mais sombre; —
qu'il l'ait drainée, saignée, et par la formation de ces sociétés rapinières, par l'octroi à ces traitants, accapareurs
établis sous l'enseigne de l'estampille impériale; — que,
sous le prétexte qu'à lui seul appartenait le pouvoir de
constituer ou d'effacer; — qu'en lui, par la délégation plébiscitaire, résidait la démocratie autoritaire, dès lors,
pouvant aviser comme bon lui semblerait; — qu'à ce titre
suspect, mais acclamé par la tourbe des stipendiés, il ait
pu, au mépris de toutes les règles de morale comme de la
véritable économie politique, se jouer de tous les principes; — que, violateur dans le droit politique internatio-
nal, il ait fait entrer dans les affaires une flibusterie, léga-
lisée, dont les conséquences vont envelopper dans une
ruine commune des millions de dupes de tous rangs et
classes; — que, par suite, il ait facilité et encouragé la
création, à toutes enseignes amorçantes pour la crédulité,
de ces montagnes de fausses valeurs, hélas! gouffre de
tant d'économies, de capitaux; — que, dans une partie où
il engageait la fortune de la France, le sang de ses enfants,
l'avenir de cent générations, il ait mis le comble, par la
malédiction universelle, même des soldats qui l'ont si souvent acclamé, par le mépris du monde pour le pitoyable
acteur qui, par une porte dérobée, se sauve honteusement
au lieu de mourir sous le drapeau qu'il a compromis; —
qu'arrivé à ce point de décadence (le mot est trop doux
encore), il ne craigne pas d'y mettre le comble *summa
injuria*, par le dernier outrage aux lois divines et humaines;
— qu'il soulève la conscience de qui n'a pas abjuré Dieu et
garde une étincelle d'honneur, un reflet du vrai; eh bien!
quelque effrayant que soit ce cynisme, il est dans la fatalité de cette nature. Une telle vie tapissée de conspirations,
de mensonges, leur cortége obligé, jonchée de déceptions,
de malheurs, marquant son funeste passage, soit qu'il
touche à l'Italie, à la Pologne, à la question américaine,
— au Mexique, — à l'Allemagne, — aux utopies dont il
vient couvrir ses déconvenues, — enfin à la question
espagnole, où, complotant avec Prim qui l'abandonne, il
n'a qu'un but, idée fixe, écarter Montpensier, il finit par
arriver à la question allemande, qu'il avait encouragée et

nistre voulant replacer des ruines sur celles dont il a semé sa route, ceci est la fatalité de son caractère, empreint dans celle du passé.

VI

Là se détache un point de vue qui dissipera toute équivoque.

L'empire reconstitué devait rappeler, sur la France, les défiances que le premier avait laissées au cœur des nations et des dynasties humiliées. — Ce qui est pire encore, c'est d'avoir naturalisé la présomptueuse et dangereuse illusion d'une force, d'un pouvoir,

consacrée par un post-scriptum dont il savait l'odieuse frivolité, en arguant d'un fausse pièce et d'approbations diplomatiques *imaginaires,* aux applaudissements d'une majorité frappée de vertige, n'était-ce pas la préoccupation purement dynastique de ce Bonaparte aiguillonné par sa haine corse, qui égarait une fois de plus, comme toujours, la politique nationale.

Sous la foudre de ces souvenirs — de ces fautes sans exemple — de ces impudeurs, après Sedan, après cet acte inexplicable que l'armée prisonnière appelle *la trahison impériale,* — cet homme serait assez étranger au sens moral, au remords, pour se flatter, fardé de ruse, en offrant au vainqueur qui le détient splendide prisonnier sa soumission comme surenchère, d'asseoir sur ce trône qu'il a souillé, soit sa livide figure, soit l'émanation de son sang. Contre ce sacrilége les flots de sang versé reculeraient d'épouvante. Comment l'hôte de Willemshœhe ne voit-il pas que les spectres, les prisonniers, les familles frappées, tous, jusqu'aux dieux des maisons incendiées, uniraient le murmure inapaisable de leur malédiction! Quoi! une race à laquelle se rattache cette tragédie, ouverte par l'agression de Saarbruck, pour donner à *l'enfant le baptême du feu,* qui s'est continuée par Wissembourg, Wœrth, Bazeilles, Sedan, enveloppe Paris en ce moment, aurait pour dénoûment de relever le trône sanglant de celui qui l'a conçue et conduite sur tant de souffrances, de tombeaux. Le més-honneur deviendrait le titre d'investiture de ses forfaits!

d'une domination irrésistible, comme par l'effet d'un talisman. C'est que Napoléon Ier développant une force surhumaine, avait surfait l'effort national ; à force de génie, il l'avait poussé au delà des limites du possible. Au contraire, Napoléon III, abaissé d'esprit et de cœur, a dépensé follement le capital de force et de gloire remis, sans contrôle, entre ses mains débiles. La France le paye aujourd'hui.

Cependant, l'expédition du Mexique, tant d'autres méfaits se levaient contre le pouvoir discrétionnaire réclamé par le plébiscite. Huit millions de voix n'en ont pas moins acclamé le césarisme. On aura beau faire, la déconvenue vainement multiplie les leçons pour l'ignorance, pour la foule superstitieuse ; bien longtemps encore il y aura le fanatisme de ce nom. Les malheurs venus par lui couvrent la France du deuil de sanglantes défaites dues uniquement au chef de l'État. Néanmoins, que dit le paysan aveugle dans sa fascination? Il s'en prend à tout autre qu'au coupable, il crie à la trahison. L'égorgement du comte de Moneis est un éclair de mort sur ce redoutable abîme, que quelques jours de plus de l'empire eussent ouvert sur mille points divers. Si, comme au temps du Vieux de la Montagne, il est un charme qui puisse faire les séides, il est dans ce nom fatal. Pour lui, les campagnes, une fois relevées de leur étourdissement, se précipiteraient à de nouvelles folies ; comme l'a dit Béranger :

« On parlera de lui, sous le chaume, bien longtemps, »

car on n'y connaît pas d'autre histoire.

Là est le péril pour la France en même temps que pour le monde. L'ignorance accouplée au suffrage universel en rendrait le retour facile en même temps que redoutable. La fatalité est inhérente à certains personnages, à l'ombre même de leur mé-

moire ou de leur sang dégénéré. Le paysan, en vérité, perd sa raison quand il entend prononcer ce
nom : Napoléon.

Telle est la vérité qui frappe quiconque, égaré
dans les campagnes, aura occasion d'entrer dans une
cabane, de causer avec le laboureur, qui a pour
musée national deux ou trois enluminures grossières
des victoires de l'empire. Tout est là pour lui. Les
hommes d'État, les libertés constitutionnelles, les
forces des autres pays, pure chimère à ses yeux.
Qu'on plaisantât à cet égard, que l'on fît des journaux et des discours, rien ne prévalait contre ce
fétichisme créé par le *catéchisme* napoléonien, un
petit almanach tenu pour plus vrai que l'Évangile
du Christ. Toujours est-il que, dans un gouvernement où la loi vient du nombre, c'est le paysan qui
prédomine. Il déborde les villes, siége des lumières.
Il les *gouaille* avec malice. Ainsi s'expliquent les
folies *caligulaires* du second Empire. A cette sinistre
lumière se découvre la cause des malheurs de la
France. Une ligne noire de M. Dupin, dans sa division topographique, marquait l'ignorance ; en est-il
une qui puisse être à l'unisson de cet aveuglement
des campagnes ? Ni Waterloo, ni le 2 Décembre, qui
inaugura l'escamotage abominable, ni les plus douloureux revers, n'ont pu dessiller la majorité rurale.
En attendant que le désastre de Sedan fasse tonner
la malédiction nationale par la France et l'Europe,
il est prudent de se précautionner contre une nouvelle surprise à l'ignorance. Vient le propos de
l'adage : *Mens agitat molem.*

VII

Ce n'est pas un tableau fantastique, c'est à peine une esquisse d'un désastre, qui implique sur celui auquel en revient la principale part une reponsabilité plus brûlante que la tunique de Déjanire. — Voit-on ce que cette entreprise lugubre de l'œuvre de l'élu plébiscitaire a enfanté de souffrances humaines dans le présent, légué d'onéreux sacrifices à cent générations, en supposant l'hypothèse de la moins funeste issue ? Il faut considérer dans la tâche qu'a M. Favre l'état désespéré où l'empereur a laissé la France ! Qui peut aussi mesurer la profondeur de l'abîme entr'ouvert par la présomption, frayant la route par le crime, par la désorganisation, à cette grande catastrophe ?

Que Guillaume, ce fier monarque qui invoque le droit divin en l'appuyant d'une victorieuse épée, lui, l'héritier opiniâtre, plein de foi, du grand Frédéric ; que, représentant d'une origine et de doctrines en opposition avec cet accouplement de socialisme dont Napoléon a fait l'enveloppe de son arbitraire sans frein, — que le comte de Bismark, sans nul doute un grand architecte d'Etat, sur les entreprises desquelles M. Thiers et nous-même avons en vain averti le pays ; — que ce ministre, dont la logique terrible, dans la mission qu'il poursuit, secondée par une rare sagacité, — que ce planisphériste d'un nouvel empire veuille se donner non pour auxiliaires, mais comme obstacles et fulminates, les soulèvements de l'âme nationale, l'épouvante des honnêtes gens révoltés, — qu'il blessé la fierté des couronnes troublées par cette impossible résurrection ; — croire que souverain, chancelier, gouvernement de la Confédération du Nord s'abaissent de la sorte si au-

dessous de la hauteur de leurs vues,—qu'ils puissent
rouler si bas du sommet de leurs principes, si l'on
veut de leur superbe ambition, par cela même exclusive non des moyens terrifiants, mais des vils com-
plots,—qu'ils importent les procédés de l'immoralité
napoléonienne dans leur politique, — voici ce que
nous refusons de croire, par respect pour ces terri-
bles adversaires ! — Le laurier n'entrelace pas le pilori du coupable. Les procédés de la vraie grandeur,
le soin de sa réputation, la coquetterie de la gloire
excluent cet accès au mépris ; on ne peut vouloir
assurément, à aucun prix, lui fournir cette justifica-
tion. Tout homme qui se respecte, à quelque parti
qu'il appartienne, doit donc considérer comme apocryphe cette prétendue participation, ou propension,
à un projet aussi scandaleux. Une *vilainerie* de cette
nature serait l'opprobre sur le front des plus glorieux.

Car si le souverain déchu, à défroque plébiscitaire, est capable, à tout prix, en avalant la honte
comme de l'eau, en souscrivant à toutes les capitulations antinationales, de vouloir, gnome sorti de la
mort, se ruer, de nouveau, en exploiteur sur sa victime, la France ; s'il l'ose, après Sedan, où, par une
raison qui se fait transparente, il a livré l'armée
française rançon de sa personne, tel qu'un rat dans
une souricière ; devant ce nouvel attentat, un si grand
choc des consciences se fera, que l'audace n'aboutira
pas. Contre elle commencera par s'élever l'anathème
du soldat ; il fallait l'entendre à Sedan ; il fallait le
voir défiler, la rage dans le cœur, en longues files,
sous l'escorte des vainqueurs ; il faut lui avoir en-
tendu ses récits et jugements sévères ; il faut avoir
visité ce vaste champ où la défaite était écrite d'a-
vance par la topographie qu'a méconnue le plan de
la bataille, où le soin de la sûreté de l'empereur do-

minait la question militaire et nationale; on sent partout la fatalité dans laquelle cet homme enveloppe, par des fils diaboliques, pays, armée, présent, avenir! Comme les harpies de la fable, il empoisonne çe qu'il touche.

Ainsi l'histoire, écho couronné du sentiment public, n'aura pas à gémir sur une restauration où le crime entraînerait, comme le spectre dans la danse macabre, la victoire, la politique, et la diplomatie de l'Europe. Ce serait pis que la révolution de la violence, ce serait le sacre par le mépris.

Ainsi, croire que le futur empereur d'Allemagne, qui, en recevant la déclaration de guerre, au milieu de sa famille, entouré de Moltke et de Bismark, prenait le ciel à témoin que l'empereur était l'agresseur (1) responsable; — que le Richelieu allemand qui a dépassé le nôtre, puissent accepter la souillure d'un compte à demi avec le contact napoléonien : à moins de voir cette profanation par nos yeux, à mois d'entendre par notre ouïe rétracter le langage auquel ils nous ont accoutumés depuis 1866 et que nous avons caractérisé ailleurs, jusque-là nous ne croirons pas qu'ils puissent s'envelopper dans le linceul d'une pareille infamie. — Pour avoir les faux sourires d'une troupe de *gamblers*, ce ne sont pas des autocraties, des aristocraties, ce n'est pas le puritanisme protestant, ce n'est pas un peuple fougueux dans sa vocation, austère dans ses mœurs, fier dans ses professions, d'une si haute culture intellectuelle; aucun d'eux ne consentirait, au prix de quelque bassesse que ce fût, à prendre la diabolique responsa-

---

(1) Plus tard Guillaume le séparait de la France. De ce langage, il ressort que le coupable tombé, il serait humain d'arrêter l'holocauste dont, suivant le roi de Prusse, son prisonnier est le seul auteur. Voilà le cri de la justice et de l'humanité.

2*

bilité du retour d'un règne qui a réuni toutes les
anomalies démoralisatrices. Ni la légitimité,—ni les
évocateurs du droit ne sauraient servir de parrains à
l'illégitimité des principes et des personnes, — de
même qu'à la flibusterie plébiscitaire élevée sur le
mépris du droit traditionnel, au point de vue monarchique, — sur celle de la souveraineté de la raison,
au point de vue de la démocratie honnête, jalouse de
régler sa marche sur l'esprit nouveau.

Ce serait donc pour réimposer ce régime de réné-
gats à la pointe de leurs canons, sur le monceau de
victimes des deux races, que l'Allemagne aurait fait
ces efforts de géant, dans ce long parcours de morts.

— Holà! l'absurde des fantaisistes du projet le dispute à l'odieux. En effet, qui ne serait frappé, à
moins d'être un torquemada de l'évidence, un fanfa-
ron d'impudeur, de cette simple remarque qui ressort de l'enseignement providentiel? L'empereur
s'est dérobé à sa mission, — a forfait à son devoir
envers son peuple—comme à ses déclarations envers
l'Allemagne, — à ses offres même au roi Guillaume,
témoin la révélation sur le tentateur Benedetti.

Écoutez ce tonnerre qui roule chaque jour plus
tonnant dans l'esprit public; c'est pour avoir démo-
ralisé la nation que Napoléon III recueille le dégoût
de l'Europe, dont le prince Albert et tant d'autres se
sont fait les organes.

VIII

L'affaire des adresses provoquée par M. de Morny,
figure élégante sous laquelle se dissimulaient tant
de passions, fut sur le point d'allumer la guerre
avec la Grande-Bretagne. Il a été révélé par nous,
dans un autre ouvrage, comment cette extravagance

fut prévenue : son accomplissement tint à un fil. La
guerre, dont le même souverain a pris l'initiative à
l'égard de l'Allemagne, alors qu'infidèle il retenait
dans une infériorité numérique l'armement de la
France, semble avoir eu pour motif une rancune
corse. Mais au lieu d'un individu qui dénonce la
vendetta, à ses risques et périls, c'était un autocrate
de la guerre qui jetait dans sa querelle la vie de son
peuple.

Le vice et le faux étaient entrés à ce point dans
l'âme oblitérée de Napoléon, qu'il ne sentait pas les
outrages qu'il faisait à sa mère en couvrant d'honneurs des hommes dont l'origine émergeant au regard
de la foule devait altérer le fils. Le diadème ne couvre pas, il affiche. Qui lui faisait ainsi braver l'opinion, si ce n'est le mépris des hommes qu'il jugeait
à sa mesure. Peut-être aussi importait-il au pouvoir
une funeste idée, plus en rapport avec l'atmosphère
de la cour d'assises qu'avec celle d'un trône : c'est
que les déclassés, en rupture avec les principes,
sont les plus dociles instruments. Aussi a-t-il lancé
la fusée qui devait donner le signal des malheurs
de la France appuyé sur trois hommes de mauvais
augure.

L'un était renégat de la République ; l'autre avait
délaissé la légitimité, sa caressante nourrice ; le troi-
sième, champion des tristes bureaux arabes dont il
avait fait partie, prétendait faire sortir la régence du
désastre et des hontes de Sedan, au moment où il
s'agissait de prévenir les effets de la juste colère du
peuple par la déchéance, qui était un devoir. Autre-
ment, la nécessité, plus forte que l'intrigue, allait
dicter son arrêt à l'assemblée, frappée de terreur.
L'invasion de la Chambre était l'inévitable consé-
quence de l'hésitation des aveugles de la majorité.
Ils voulaient, par voie oblique, imposer au pays in-

digné la race qui portait le stigmate de l'impopularité et de la défaite ; et, là encore, ne savait-on pas ce qui est aujourd'hui témoigné par Wimpffen, c'est que le chef, pour échapper au péril, a livré son armée, en trahissant son devoir. Il n'a pas été fait prisonnier en combattant l'épée à la main, comme les chevaleresques vaincus de Poitiers et de Pavie.—Après avoir engagé la guerre seul, il ne s'inspire que de lui-même pour faire arborer le sombre drapeau de la soumission. Il se dérobait par la porte de la honte, mais il plaçait l'armée dans la cage de la captivité ; il jetait au gouffre la fortune et l'honneur de la France.

La République est donc née de l'obstination dynastique à s'imposer quand même, comme la guerre a été le fait exclusif du parti bonapartiste ;—il ne faut pas laisser au subterfuge, à la mauvaise foi, un accès pour reporter le blâme sur qui les a avertis. La paix (on ne saurait trop établir les faits donnant pour chacun la mesure de sa responsabilité), M. Thiers en avait tracé le programme : — il était accepté par le roi de Prusse,—l'opposition s'était ralliée à l'esprit, à la pensée du célèbre homme d'État. — Le *Times*, ce journal d'une grande autorité, a, dans des articles de la plus haute portée, mis en relief tous les torts de l'empereur. On ne trompera ni les cabinets, ni M. de Bismark, ni les classes éclairées, qu'on désigne sous la dénomination *de la galerie du premier européen*.

L'incrédulité que nous opposons à l'assertion, ou plutôt à de certains organes de la Prusse qui seraient l'écho de la propension de M. de Bismark pour une restauration impériale, n'est au fond qu'un hommage à des adversaires qu'on peut combattre (et nous l'avons fait toujours), mais il faut en reconnaître l'habileté. C'est le devoir de l'homme politique de repousser les illusions et de s'élever au-dessus de la partialité.

Le motif prêté à M. de Bismark a une profondeur de dégradation, où sa fierté ne peut pas plus tomber que sa prévoyance. Ce n'est donc pas lui qui redressera le césarisme napoléonien, ce symbole brûlant de la guerre et de la perfidie.

IX

En général, le public est trop enclin à attribuer aux chefs d'empire, aux grands ministres, un machiavélisme qui écarte la moralité d'un vaste but à poursuivre. Le génie créateur, même conquérant, a pour meilleur auxiliaire la conscience humaine à mettre de son parti. Après l'œuvre de destruction accomplie en terrifiant la chair, vient l'œuvre de la reconstitution. Pour que le succès même obtenu ne soit pas passager comme un rêve, il faut gagner l'esprit. On n'y réussit que par l'honnêteté.

Ainsi, il y a des positions où, grandi par elles, par les actes, par le dessein que l'on se propose, sous le regard braqué du monde que tient attentif un grand renom, dans l'ordre moral comme dans la conduite pratique, on ne rompt pas avec la conscience universelle.

Voici pour le principe, alors qu'il est la colonne d'un idéal incarné dans des succès inouïs. Les lugubres, mais immortels lauriers de Kœniggraetz et de Sadowa devaient ramener la massue de l'hégémonie prussienne sur le pâle héritier de Napoléon Ier, dès lors qu'après *avoir souscrit à l'établissement d'un empire allemand*, tout à coup il veut, par un procédé oblique, réagir contre ce qu'il avait encouragé et salué comme propice. Cet incapable, auquel l'officiel et une presse gagée prêtaient la profondeur d'un immense génie, n'avait pas vu que proclamer *maudits* les traités œuvre de M. de Talleyrand, surprise faite aux vainqueurs, c'était préparer sa propre déchéance.

— Grâce à lui, la France suspecte était compromise *dynastiquement*, par le retour même à la dynastie bonaparte, très-fatal mariage ; elle était — *politiquement* — isolée, par le fait même de ces façons d'un capitan fracasse, qui n'avait rien à offrir que cette perpétuelle rengaine de souvenirs d'une autre époque. Répétés à tout propos, ils devenaient une injure, une menace, un agacement pour les gouvernements et les peuples étrangers.

Ah ! si les mânes frémissent au bruit de la terre, ceux que le prince de Joinville alla chercher à Sainte-Hélène, et qui reçut l'hommage d'une grande nation, doivent rejeter leur linceul, sous la honte imprimée à ce nom fabuleux par *Napoléon le Petit*. Augustule a fini l'histoire de César ; l'ironie de la Providence se retrouve à travers les siècles rééditant les mêmes leçons.

X

L'ordre des intérêts de la Confédération du Nord n'est pas moins concluant contre cette restauration. Devant l'effusion du sang allemand qu'a nécessité l'invasion du roi Guillaume, placer la restauration de celui auquel s'attache cette responsabilité, plus dévorante que la tunique de Nessus, ne serait pas moins injurieux pour l'Allemagne bafouée que pour la France indignée. Il appartient à des politiques à courte vue, à des abâtardis de la ruse, aux fauteurs du mensonge, aux terriers des mines secrètes, des embuscades honteuses, d'avoir pour instruments des êtres subornés, prêts à tout. Autrefois, sur des peuples barbares vaincus par eux, les Romains établissaient des rois leurs créatures. Des moyens analogues sont pratiqués dans l'Inde, des rajahs pensionnaires de l'Angleterre règnent sur une race dégradée livrée à leurs rapacités! Mais où se trouvent la parité, l'analogie des lois et des mœurs? Qu'y a-t-il de commun entre la France, sa nature, l'esprit moderne qui la possède et la pousse, avec les peuples de l'ancienne servitude et les castes aviiies de l'Inde?

Ainsi le code de l'honneur, la logique des intérêts eux-mêmes, si souvent en contradiction, s'accordent, en cette conjoncture, pour dire à l'homme de malheur qui ne vit dans l'élévation extraordinaire à laquelle le porta l'idolâtrie d'un nom, à ce souverain lépreux dont la vicieuse autopsie surenchérit les dégoûts connus : « Homme de malheur, vous avez perdu un peuple en léguant à l'histoire, à l'instar de ces grands criminels que la justice laisse à la phrénologie, l'emprunt d'un masque nouveau, celui de la fatalité. *Vous avez désacré la vérité et la foi humaine.* Vivez enfoui sous ce poids de souvenirs, vous n'avez plus qu'à jeter sur ce catafalque sans gloire la courtine des millions que vous avez emportés. Mais votre règne sur une nation chrétienne serait la négation profanatrice de tout ce que l'Évangile prescrit et l'honneur réclame. »

Que pourrait être un empire repétri avec des misères si lamentables, surgissant de tant de sang et de ruines. Il serait une insulte aux chaumières incendiées, aux populations chassées sans asile, aux famines, — cortége d'une pareille guerre, — aux malédictions formant un concert infernal dont l'écho troublerait l'Europe, en figeant le remords au cœur des complices. — Il semblerait la statue du commandeur placée sur le trône de Louis IX, pour en faire descendre, au lieu du doux rayonnement des vertus du saint roi, la vengeance, la colère, le désespoir.

XI

Il est un personnage terrible dont la poésie a grandi l'horreur, c'est le Don Juan remis en scène par Molière et lord Byron. A travers les déguisements que revêt l'ironique corruption de ce fripon, pour lequel il n'y a rien de sacré, un jour il apparaît avec tous les insignes de la plus pure dévotion. — Ce n'était rien cependant en regard de ce que se proposerait Napoléon III. L'imagination du plus sombre des poètes serait restée bien en deçà de l'horreur de ce plan; s'il lui était donné, par la réussite, de souiller l'histoire, ce serait le Bazeilles de la morale. Seulement, l'incendie de cette cité a été la lugubre prouesse de quelque obscur capitaine.

Aujourd'hui ce serait le Roi, dont M. Roussell traçait ces jours-ci la figure accentuée, qui, *ayant foi au droit divin, se croit une mission,* qui viendrait consterner la conscience humaine. Pour jeter sur la terre la sacrilége ironie de la force, il n'imaginerait rien de mieux que de couronner le coupable, et de l'armer du glaive aiguisé sur la meule étrangère, pour le supplice des familles pleurant les victimes entassées par cet empereur de la défaite et de la mort. Ce blasphème-là ne tombera pas d'une bouche royale. Sous son feu dévorant, le capitole de vainqueur se transformerait en un pilori.

Ceux qui, comme nous, ont visité les champs du carnage, — la stupéfaction de la ville de Sedan

témoin de la défaillance de son hôte impérial, —
les 90,000 hommes qui sont allés rejoindre les
60,000, plaçant 150,000 de nos compatriotes dans
cet exode de la captivité (1), — les officiers prussiens étonnés d'une reddition sans exemple dans les
annales de la guerre, — un empereur qui fuit pour
se rendre, au lieu de combattre, et de faire pour lui
et les siens la trouée qu'offrait le général Wimpffen,
— ce dédain qui ne laisse tomber des lèvres glacées
un mot de sympathie pour ceux dont on a causé l'in-
fortune, — tout devrait faire rentrer dans les
catacombes les plus reculés celui qui a fait cette
tragédie.

Devant cet océan formé par toutes les misères
humaines, qui, s'il n'est pris de l'endurcissement de
quelques incorrigibles attachés à l'auge impériale,
qui oserait arborer la fausse enseigne d'un empereur? Ce serait la plus grande injure que pourrait
ambitionner la démagogie pour la majesté royale.
Alors, en vérité, la république s'offrirait aux peuples scandalisés comme une sauvegarde contre une
pareille infamie. Quel souverain de sang, quel chef
d'Etat, sans que l'explosion de toutes les consciences
n'éclate en volcans, pourrait donner à cette contre-
façon souillée ce titre prescrit par l'étiquette : « mon
frère ».

(1) Les capitulations de Toul, de Strasbourg, et d'autres
combats de détails en ont encore accru le nombre.

POST FACE.

Chateaubriand, dans une brochure célèbre, disait :
« Non, je ne croirais jamais que j'écris sur le tombeau de la France. » Alors que Paris, la métropole
reconnue de la civilisation, des arts, de la richesse,
fonds commun du monde, se voit assiégée par une
autre nation, provoquée par le bonapartisme décidé
à une querelle quand même, de quelque part qu'elle
vienne, une fin de non-recevoir serait un sacrilége.
Il appartenait à un homme illustre, que la vérité a
fait son ambassadeur, que l'Europe honore, de montrer ce qu'est l'âme de la France laissée à elle-même.
— Sous la pression du gouvernement personnel,
elle a été détournée de sa noble vocation. La conspiration qui fit du plébiscite l'instrument de ses
malheurs fait rejaillir sur l'empereur une responsabilité qu'il essaiera vainement de répudier : non-
seulement il n'a rien voulu entendre, mais il s'est
toujours présenté comme *seul responsable*. M. Thiers,
suivi de toute l'opposition, outragé par la majorité
d'abord, par les chefs d'orchestre, le *Figaro* en tête,
a en vain voulu empêcher cette guerre impie.

Voilà la vérité. Ceux qui ont approuvé les meurtres
de décembre, la confiscation des libertés, le Mexique,
cette grande leçon perdue, osent déjà avec plus d'impudeur qu'autrefois (il pouvait y avoir des illusions)
refaire la propagande bonapartiste. Peuvent-ils surprendre, dans leur cause abhorrée, les souverains,
les hommes d'Etat ? Déjà la presse anglaise, dont le
mâle et indépendant langage ouvre, d'ordinaire, la
marche de l'opinion publique, ne déguise pas ses
sentiments ni ses inclinations, pour que la France,
livrée par son empereur, ne soit pas la victime ex-

piatoire des fautes et forfaits accumulés de celui-ci :
l'Angleterre était d'avis de mettre un terme à la
fureur impie des combats. C'est qu'en effet la civilisation ne peut avancer que par la paix, le libre déve-
loppement de la liberté et de l'industrie. Cette noble
émulation des facultés humaines exclut et interdit
l'égorgement par la guerre, ce *meurtre impie*, disait
le noble Lamartine. La guillotine n'abat qu'une tête,
mais la guerre, telle qu'elle se fait en ce moment,
ayant pour grossir la moisson de la mort, les grosses
armées servies par les fusils nouveaux, par les en-
gins de la plus effroyable destruction, les mitrail-
leuses, les obusiers, les bombes infernales, intermi-
nable nomenclature, oh! c'est affreux !

Qui peut sans frémir y avoir recours sans justifi-
cation? Ah! qu'il songe à Dieu, à l'arrêt de demain ;
— sous le poids d'une pareille responsabilité, ce
sera la *Marseillaise* de la paix qu'entonneront peuples
et rois.

XII

Au moment où nous révisons l'épreuve de ce qu'on
vient de lire, une grande émotion saisit tous les
cœurs, et plus particulièrement celui des Français.
Les échos de la conférence de Ferrières nous
arrivent discordants. — Toujours est-il que le mot
guerre à outrance, avec le pouvoir discrétionnaire
adjugé par la grandeur de la terrible lutte, est
devenu le mot d'ordre d'une situation où se poursuit
le drame le plus lugubre peut-être de l'histoire du
monde.

Il est des extrémités où il faut savoir mourir indi-
viduellement : mais, pour une nation, ceux qui la

guident ont pour premier devoir de ne pas la laisser courir à cette extrémité.

Nous ne saurions avoir la prétention d'être une boussole. Nous coupons court au pélerinage qui nous donne l'Europe pour hôtellerie, vouant à la patrie tout ce qui nous reste d'âme et de force. — Un homme n'est rien, il disparaît un peu plus tôt un peu plus tard; qu'importe? C'est la nation qui doit rester vivante.

Devant la scène qui se déroule, ce flot nouveau d'Attila que nous avons vu défiler à Sedan, dans quel appareil! nous avons éprouvé une douloureuse impression. Que de renseignements tristes recueillis, à cet égard, à la charge du gouvernement rapace, infidèle, trompeur auquel revient la principale part dans la catastrophe! Quant au remède à apporter, qui peut être sûr de son jugement? Qui peut, étourdi sous l'explosion de tant de coups de malheur, marquer la limite où le sacrifice nécessaire se détermine, où le devoir commence pour se poursuivre avec une implacable et amère résolution.

La partie est suprême. La lutte cessant d'être politique, semble ne plus se circonscrire dans le duel des armées, mais devenir le choc de deux races.

La civilisation n'a qu'à se voiler, l'humanité s'écrie : « *Horreur!* »

Les intérêts vrais des deux belligérants demandaient la paix. Les conditions, nous n'avons ni la possibilité de les discuter, ni les éléments d'appréciation pour émettre un humble mais consciencieux avis. — S'il faut croire ce que nous apporte la presse étrangère (celle de notre pays ne pouvant plus circuler), il y aura une responsabilité, que burinera l'histoire vengeresse, pour celui qui aura rendu impossible la solution pacifique en refusant de faire la part recommandée par la justice aux uns, imposée aux autres par dés événements qui sont le fait du sinistre empereur.

C'est qu'il est des circonstances où il faut savoir s'élever au-dessus de la passion populaire et des plus nobles susceptibilités. On doit oublier ses propres souvenirs, ses aspirations.

Telle est la conjecture où retombe sur un groupe d'hommes placés au pouvoir par l'émotion d'un grand désastre la charge du salut de tout un peuple. Que ne doit-on pas ressentir devant cet océan formé non-seulement par trente-huit millions d'âmes vivantes, mais ayant au delà l'immensité de cent générations, l'avenir national ? Echapper à la passion du moment, à l'influence d'un zèle vrai chez quelques-uns, faux et forcé chez d'autres, c'est la vraie tâche de l'homme d'Etat à la hauteur d'une telle mission, c'est aussi le plus glorieux rôle du patriote. — On peut se sacrifier soi-même à une conviction forte de son droit, — car on dispose de sa personne, — mais quand il s'agit de la destinée nationale, ce qu'il faut voir, c'est le possible, c'est le lendemain. On est trop enclin, dans notre pays, à rappeler l'application des souvenirs de l'autre siècle alors qu'il n'y a aucune analogie entre les époques et les choses.

C'est dans cette fumée que Napoléon III a enivré et égaré la France. — Sans doute, les faits historiques de 92 sont une grande page de l'histoire, mais ceux qui en parlent sans cesse se sont-ils bien rendu compte de la différence des temps ? Elle est sensible cependant. Louis XVI, ce roi honnête, ne livrait ni une France envahie dans son cœur, ni épuisée dans ses ressources. Aussi put-elle faire ce qui fut impossible, deux fois, à Napoléon le Grand. A celui-ci le génie ne manquait pas, mais plutôt les ressources, qu'il avait épuisées par l'abus même de la victoire.

Bien loin de son oncle l'organisateur, Napoléon le pirate, après avoir drainé jusqu'à la dot sacrée de la guerre, a laissé une situation sur laquelle un procès-verbal de carence deviendra le titre définitif, au grand ébahissement des dupes, que nul n'a plus averti que Berryer, Thiers et nous-même, leur humble mais fidèle écho.

C'est pourquoi nous croyons pouvoir hasarder une pensée qui répond à toutes nos défiances et accusations, non-seulement contre l'empire tombé, mais contre l'empereur dans sa puissance, alors qu'il liait les langues et profanait les consciences.

Devant cet abîme qu'il a ouvert *gurgite vasto*, ce qui semblait impossible, sous le régime constitutionnel, se dresse dans des proportions terrifiantes. La France rugit de n'être plus elle-même, par suite de l'exploitation qui, pendant vingt ans, semble avoir voulu railler l'honnêteté de la Restauration, abolir l'ordre de Louis-Philippe, insulter à la modération de la République dont Lamartine fut l'inaugurateur et Cavaignac le loyal chef. En tous cas, le rachat, quelque dur qu'il fut, ne pouvait être mis au compte de la commission de la défense nationale.

Dans un pays où l'impression court, où les événements viennent rouler les flots d'une opinion irrésistible, si, ce qu'à Dieu ne plaise, de nouveaux malheurs suivaient la ronde infernale engagée par le bonapartisme, mon Dieu! mon Dieu! quelle responsabilité!

C'est qu'en effet le monde pullule de présomptueux qui, étrangers aux notions nécessaires pour juger, font fi des expériences et supériorités. C'est pourquoi la France s'est trouvée au bord de l'abîme, alors que sur les hâbleries du gouvernement, elle se croyait maîtresse du monde, admirée, suivie d'alliés. — Quand une voix loyale s'élevait pour signaler les mirages, on aurait lapidé l'avertisseur. C'est ainsi que, dans la province, on propageait l'impopularité sur M. Thiers, par exemple, avec ces mots : *Généralissime des Prussiens.* Que ne l'a-t-on écouté !

Un régime de mensonge universel, inhérent à l'homme qui s'était approprié la France, a toujours pour finale une liquidation de déceptions; aujourd'hui c'est pis, c'est un désastre. — Devant l'ennemi qu'il nous a amené, on mine les ponts ; lui a miné l'édifice. Il semble que dans les ténèbres de son noir esprit, il a comploté que rien ne survécût à un règne sur lequel planait le génie des ruines.

Le patriotisme a d'autant plus de force, pour s'adresser à l'opinion et aussi à ses adversaires, qu'il s'appuie sur l'impartialité. Nous nous y attachons, comme à la meilleure boussole pour la France égarée, sur l'océan semé de gouffres où l'a entraîné le gouvernement personnel.

Au sujet de la rupture des négociations sur l'armistice, M. Jules Favre est venu en exposer la cause. L'opinion des grands organes de l'Europe est fidèlement traduit par l'*Écho du Parlement;* nous la reproduisons aux notes justificatives.

Ce qui se passe à Paris, ne laissant pas toujours à l'esprit si net de M. Jules Favre le droit d'être lui-même, montre une fois de plus qu'en politique, il faut subordonner les impressions les plus légitimes à l'empire irrésistible des faits, et de ce qu'ils prescrivent souvent de douloureux sacrifices.

CONCLUSION.

Ce n'est pas le souverain, que domine l'esprit du droit traditionnel dans ses discours et ses actes — ce n'est pas son ministre qui pourraient sanctionner un grand outrage à la justice universelle. Ce serait déroger à eux-mêmes que de vouloir glisser, par la porte dérobée d'une conspiration ténébreuse, un faux roi dans la famille des couronnés par la naissance. Hors la rare exception que crée la supériorité, la violation de ce principe dans les monarchies est un vol funeste au peuple. Le génie, comme la vertu, a besoin de règle : la dérogation qu'y fait même la gloire ne conjure pas le péril. Napoléon Ier et tant d'autres en ont donné la preuve.

Ceux qui tirent leur force d'un principe, en y contrevenant ne font qu'armer ses négateurs. La révolution n'a qu'à applaudir des auxiliaires aussi inattendus par elle.

Étrange anomalie ou faute ! Ce serait bien peu rentrer dans le rôle de la Providence et dans la logique de la situation, auxquelles on ferait cette injure interprétative. — Quoi ! voici un être tombé, comme si le doigt de Dieu l'avait marqué, pour que sa chute intimidât l'usurpation ; — voici qu'à des révélations, à des découvertes soudaines, on reconnaît qu'on avait sur le trône un grand chef d'industrie, un protecteur de toutes les compagnies de drainage financier du pays, le prophète du mensonge introduit partout, finalement un traditeur de l'armée qu'il avait scandalisée. Cette légende de défaillance, qui serait longue à décliner, se transformerait en titres l'emportant sur tous les autres! Ceux de la liberté républicaine, les aspirations du passé, M. le comte de Chambord avec les sacres de Reims et la carte de France que présentent ses aïeux, les d'Orléans avec la sagesse, la modération, la prospérité, la paix qui se liaient avec leur gouvernement constitutionnel, n'immobilisant, pas eux, le progrès dans le bon plaisir d'une *responsabilité purement chimérique*; rien de de tout cela ne vaudrait plus!

Les droits du guet-apens du 2 décembre, les manques de foi répétés envers l'Europe, la France, la religion, la liberté, le Mexique, Wissembourg, Wœrth, Sedan, tous les désastres dont Napoléon III serait l'auteur, lui assureraient la préséance pour que ce déchu, à son défaut le baptisé du feu de Saarbruck, vienne tout balayer de l'abjection de tels souvenirs. Ah! peut-on croire qu'il y ait, dans ce siècle, un souverain, une force, un embauchage, par la terreur, susceptible de faire dévorer à la France un pareil affront, de courber la conscience de l'Europe, l'arrêt de l'histoire sur le billot d'une pareille tyrannie? Oh non! ce serait pis que l'abus de la force, ce serait l'infamie gantée par un roi. Eh bien! eût-on fait de la France entière un cadavre, sous l'étreinte du bourreau rétabli par le pardon de celui qui l'avait fait captif, il resterait l'Europe, il resterait ce long lendemain qui est l'avenir, sous l'anathème duquel princes, ministres, tous ceux qui auraient concouru à ce dénoûment, trouveraient leur expiation.

A la hauteur où les événements ont placé notre puissant ennemi, on a autre chose à faire qu'à réhabiliter le crime. Ce serait un sacrilége tel que le monde n'en aurait pas encore été le témoin. L'ancien prisonnier de Ham avait surpris une couronne à force de dissimulations, de trames, dont le fil se brouille à chaque haleine, sous le couvert d'un nom dont il a fait le piége national. Mais aucun roi, aucun homme d'État véritable n'iront avouer publiquement, ou favoriser implicitement cette majesté d'emprunt qui a été si funeste à la France et à l'humanité. Que de forces accumulées par les siècles, le génie, la politique, les arts, ont été absorbées ou perdues par l'homme sorti des plébiscites, cette razzia de suffrages faite sur l'ignorance des paysans, sur la servilité des fonctionnaires, sur la faiblesse de ceux qui, par *peur*, se sont attiré le grand mal de la guerre, de l'invasion! Ils n'ont rien voulu entendre : tous à l'heure fugitive, ils marchaient à cet avenir où se rencontre l'expiation des fautes.

Il ne faut donc pas prendre les *contrefacteurs* de la pensée d'un haut esprit comme le thermomètre de ses véritables vues.

Celui qui écrit cet opuscule a vu le bonapartisme conspirer contre le repos de l'Europe non moins que contre les libertés de la France ; il a suivi pas à pas toutes les folles conceptions, les turbulences, les menées de cet étrange alchimiste de tyrannie, de carbonarisme, composant la nature de Louis-Napoléon. Tantôt il voulait museler l'esprit moderne dont il avait peur, tantôt il le poussait jusqu'au paroxysme de la démagogie contre les rois. Après les avoir appelés dans ses palais, où il croyait les séduire par le luxe indécent d'un parvenu abusant de tout, il ourdissait la conspiration contre ceux qu'il avait environnés de plus de soins.

Au dernier acte du drame, se sentant perdu, il laissait ses infimes agents répandre dans les campagnes les semences d'une jacquerie nouvelle. On provoquait les ombrages du paysans, si faciles à réveiller, par les susceptibilités de son aveugle crédulité. C'était au moment où, dans la province, les esprits éclairés convergeaient vers la sage politique de conciliation dont M. Thiers s'était fait l'organe, aux seuls applaudissements de l'opposition solidarisée dans sa sagesse. Voilà ce que l'on osait au nom de l'*empereur des paysans!* Quelle fascination attachée par le premier ineffaçable empereur, dans les campagnes, à ce nom fatal!

On accusait, tour à tour, « constitutionnels, orléanistes, légitimiste, catholiques, républicains (la chanson variait suivant les zones), de trahir l'empereur. » M. de Moneis, dans le noir Périgord, a été victime de ces nouveaux cannibales surexcités par la propagande dynastique. Partout c'était le même feu grisou souterrain de calomnies, d'excitations, lorsque la république est venue donner aux masses rurales abusées de nouvelles préoccupations. D'un autre côté, le parti bonapartiste attisait la guerre et livrait à la dérision de ses journaux et au discrédit, par son agence de calomnies, le patriotisme éclairé, en chaque district où il revendiquait la paix (1).

La lumière se fait, et bientôt il n'y aura plus d'équivoque volontaire; on saura discerner les hommes qui, compromis avec l'empire et par l'empire, sacrifieraient la France et le monde, la religion, leur patrie, à leurs convoitises d'un jour, — triste race, qui a acculé le pays à l'abîme qu'il borde aujourd'hui!

Au moment où nous écrivons ces lignes, voici que tous les échos de l'Europe, depuis la Néva jusqu'à la Tamise, retentissent du même cri d'horreur « racca » sur l'homme fatal qui, par sa corruption

---

(1) Une controverse s'est élevée à cet égard dans la presse étrangère. Une note justificative spéciale est un devoir que nous accomplirons à la fin de cet opuscule. Un curieux recueil est celui des chansons payées par sa police contre Guillaume et son ministre.

inhérente à sa duplicité, a scandalisé la civilisation et courroucé le Ciel contre le pays qui a souscrit *à cet ignoble césarisme.* Que sa race, sur laquelle il a lui-même posé un stigmate que rien n'effacera désormais, se dérobe derrière les millions conquis sur le plus grand désastre des temps modernes, dont la cause dévoilée laisse douter si une telle monstruosité était possible, accouplée au trône? le murmure de l'armée, tout ce qui s'échappe de malédiction instruiraient, au besoin, quiconque veut mettre la justice dans son jugement, qu'il reste à la France le malheur immérité de tant de déceptions et de profanations.

Nous devons résumer la pensée de cet opuscule tracé en traits rapides, incorrects, sous l'émotion de tout ce qu'a vu, recueilli le voyageur, à l'oreille duquel ont retenti dans un long parcours, devoir de l'amitié et de la philanthropie, les soupirs d'angoisse du patriotisme troublé. — Il y a de quoi.

Poussé par la vocation irrésistible de la vérité libérale, nous avons voué les vingt ans du règne qui a glissé dans le sang français versé à torrents inutiles, à combattre l'empereur, son régime, et à avertir ceux trompés et engagés dans cette voie de perdition, qui devait avoir pour débarcadère l'abîme. Nous avons publié, dans ce but salutaire, étranger à toute ambition et crainte, 2,000 pages in-8°. En dernier lieu, nous avions pris rang dans le journal le *Centre gauche*, le premier qui a pris l'initiative de la déchéance, acte pour lequel il a été supprimé. Nous sommes avec M. Thiers, avec tous ceux qui voient dans la liberté ce patrimoine sacré, le meilleur palladium des peuples et des rois, la plus sûre égide de l'ordre et des principes sociaux, sans le respect desquels tout s'écroule.

C'est sous cette bannière, qui nous a trouvé iné-

branlablement fidèle, c'est sous l'autorité de cette
constance, que nous plaçons avec confiance un loyal
appel. Il s'adresse à toutes les délicatesses, aux no-
blesses de sentiment, à la conscience et à l'honneur
des hommes auxquels est commis le sort des nations.
Le peuple va au bien ou au mal, suivant qu'on
l'attire par la grandeur et la justice, ou qu'on le
scandalise par l'immoralité qui se couvre de la
force.

Le temps de l'expiation devait venir pour cet
homme au masque déteint de son oncle, pour ce
sauveur imaginaire qui n'a su faire autre chose que
de tout rapporter à lui et à ses créatures, et d'enle-
ver au droit, à la moralité des bons exemples, la
dignité des choix. La confusion, introduite partout,
a préparé la débâcle du système. Elle était inoculée
par les expédients désorganisateurs substitués aux
principes, seule base du pouvoir, qu'on ne l'oublie
pas, avant de passer dans la rigueur d'une accablante
réalisation. C'est la peine des gouvernements de fait
ayant pour raison d'être la violence, pour mode la
corruption, d'être *défait* au premier souffle d'un
insuccès. — Après de pareils enseignements, alors
que la tache et le coup ont pris des proportions qui
effacent les Waterloo, les Sadowa, inoffensives
journées comparées à celles dont Sedan devait fournir l'épitaphe lugubre à l'histoire ; quoi ! de ces revers honteux, des ruines de ce matérialisme écroulé,
on prétendrait relever la baraque impériale ! Mais
regardez, allez à Sedan, écoutez, lisez, jugez avec la
conscience commune ! Eh bien ! vous verrez que cet
échaffaudage de vingt ans n'est plus que boue, sang,
accusation. Où trouver dans les matériaux épars un
débris qu'un gouvernement quelconque, y compris
celui dégradé de Prim, voulût transporter et s'appro-
prier ? Il semblerait qu'il apporterait avec lui une

4

contagion de malheur et l'ire de Dieu. C'est le cas de
dire avec Bacon : « Il n'y a pas de puissance sur la
terre qui puisse créditer et rétablir une pareille
corruption. » — Le venin atteindrait celui qui s'en
approcherait. On voit où un homme peut égarer une
nation, quand toute moralité disparaît, alors que
l'on veut donner au pouvoir cette base d'argile où
l'on prend pour *levier les vices des hommes au lieu
d'agir avec leurs vertus,* a dit mon illustre maître
Chateaubriand.

La centralisation la plus oppressive. la distribu-
tion de tous les emplois, des prix de la fortune, de
la vanité, une représentation fictive, à la merci de ce
grand démoralisateur qui a tant prélevé sur la faiblesse humaine, voici ce qui explique la série des
illusions, des changes qu'il a pu offrir, pendant
vingt ans, à l'Europe, longtemps abusée, à la France,
sa malheureuse victime. Tacite a dit que la plus grande
épreuve dont on puisse accabler un peuple, c'est de
donner les emplois à des hommes indignes de les
occuper. Qu'est-ce donc quand un souverain est
chargé d'un fardeau d'iniquités (1), qui nous accable
d'aussi affreuses conséquences? Il est bien jugé.
Mais est-il dans l'histoire un anathème qui puisse
s'élever à la hauteur du forfait?

Le jour où, contrairement aux plus loyales adju-
rations, il a lancé ce plébiscite pour surprendre à la
foule ignorante le blanc-seing du despotisme qui
emportait toute espérance et couvait la guerre, nous
avons jeté notre protestation. C'était l'ultimatum de
la conviction qui prend le ciel et la terre à témoin
qu'on répudie l'empirisme du faux souverain qui
doit tout perdre. — Quel nouvel Holbein peindra
cette danse des morts? disions-nous dans notre dou-

(1) L'affaire Jecker vient encore sortir de cette sentine.

leur. — Après la défaite de Sedan, l'empereur, l'impératrice, pouvaient encore, par un désistement, montrer et prouver qu'ils ne faisaient pas d'une prétention à régner plus longtemps le tombeau d'un peuple! Il a fallu que celui-ci, poussé à bout, vînt signifier, à l'ombre d'une représentation, qu'elle et son souverain n'avaient qu'à disparaître d'une scène où, de concert, ils avaient jeté la France sur la route des abîmes. Ce tableau, ainsi que la peur qui poussa, au dehors, ceux la veille si rodomonds, ne s'effaceront jamais de la mémoire des témoins de la journée du 4 septembre.

ÉPILOGUE.

Jadis, en donnant l'accolade à un chevalier, le parrain qui consacrait un autre brave se considérait comme solidarisé dans l'honnenr ou la défaillance. Il ne prenait pas cette responsabilité pour le premier venu, à plus forte raison eût-il reculé devant une félonie, qui, d'ailleurs, ne laissait pas accès dans ce noble corps qui avait l'honneur pour loi, le sacrifice pour devoir.

Encore moins un roi ne peut-il, à bon escient, engager sa responsabilité sur une tête déshonorée. A ceux qui supposent ce but, en dehors des précédents chrétiens, qui serait la décapitation par une main royale de tous les principes, qui serait le scandale bravant la conscience humaine sous un diadème maudit, nous disons, non, ce n'est pas vrai, car ce n'est pas possible! Ce cauchemar sur le monde consterné nous semblerait y avoir été posé par l'esprit du mal. C'est que Dieu lui aurait livré la terre pour la submerger dans le torrent fangeux du déshonneur. La royauté, collectivement frappée dans son essence même, perdue dans l'esprit des peuples, mettant la rougeur au front de ses fanatiques, ne trouvât-elle que la voix libre de l'Angleterre, celle accusatrice de l'Amérique; la royauté suicidée par elle-même, ne survivrait pas à ce soulèvement. Elle ne peut, sans être l'antéchrist, se faire le hérault de cet outrage à l'Europe, au droit des peuples, à la dignité des couronnes.

LA VÉRITÉ,

C'EST L'HONNEUR ET LA FORCE POLITIQUES.

Il est un sentiment, celui du juste, qui réunira toutes les âmes éprises du culte du vrai ; on a beau faire des combinaisons habiles, lui seul donne la force et assure la durée. Les gouvernements qui s'y conforment acquièrent, par l'estime et la confiance, les meilleurs gages de leur durée.

C'est à ce principe du loyalisme que M. de Talleyrand, si renommé pour sa finesse, rendait cet hommage significatif de sa part : « La meilleure diplomatie, c'est la franchise. »

Un régime de faussetés forgées dans les arcanes de l'esprit public, répandues dans les sphères officielles de l'empire, a altéré le sens national du Franc, si droit par sa nature. Le gouvernement impérial a vécu vingt ans par ces mystifications. En dernier lieu, on a poussé l'artifice jusqu'à fabriquer des victoires là où l'on avait recueilli la défaite. Sa fausse monnaie politique passait dans le cours qu'ouvrait la phase de la guerre. Un exemple entre mille, le jour où se rendait Sedan, on ne craignait pas d'envelopper cette amère pilule à faire avaler à la France dans l'annonce hétéroclyte que « le mot massacre seulement pouvait rendre la perte des Prussiens. »

C'est de la sorte qu'on emportait dans un gouffre la nation abusée, noyée dans une pluie de mensonges qui n'ont pas été un mince discrédit à l'étranger.

Il importe de ne pas continuer ce jeu-là. Cepen-

4*

dant l'*Écho du Parlement* a réveillé une pénible impression par l'observation qui suit :

« Par une coïncidence assez curieuse, au moment même où le commandant de Strasbourg, à bout de forces et de ressources, s'apprêtait à conclure une capitulation devenue inévitable, la délégation gouvernementale de Tours faisait publier une dépêche où il était dit que la ville assiégée tiendrait encore plus d'un mois. C'est un nouvel échantillon des procédés dont le télégraphe français s'est servi depuis le commencement de la guerre. »

Il serait trop long de faire ce catalogue de publicité effrontée. Les *arcana* de l'esprit public, les télégraphes étaient organisés pour donner le change à la France et à l'Europe ; c'était le monde moderne pris à contre-sens. Il ne reste plus que le champ clos du combat. Au moment où nous faisions la première édition, il s'ouvrait peut-être une autre perspective. — Aujourd'hui nous sommes devant le programme : « Pas une pierre ni un pouce de terrain à céder. »

Nous avons dit nos motifs qui rapprochaient notre opinion de la diplomatie européenne, dans le sens de la paix. Il importe de se rendre compte d'une situation, de ce qu'elle impose dans une solution diplomatique, de ce qu'elle laisse de chance favorable à la lutte. La politique est un principe où l'abstraction trompe. On doit mesurer les possibilités. « C'est un patriotisme décevant, s'écriait le *Times*, ce serait une fausse et creuse doctrine que d'imposer à la France d'inutiles efforts qui ne peuvent aboutir. »

« Pour l'armistice, suivant le grand organe de la Cité, la demande de M. de Bismark, *par rapport aux circonstances*, se trouvait-elle si excessive qu'on ne pouvait l'admettre ? Il réclamait Strasbourg, Toul, Verdun, » en laissant Metz à son vaillant défenseur et à son armée. Le rapport de cette demande, en allant de Paris à Tours, a transformé Verdun en *Mont Valérien*, et M. Crémieux, le commissaire du gouvernement en cette ville, en a pris texte pour publier une proclamation contre une prétention, au sujet de laquelle l'indignation ne serait que justice. Les rectifications sont venues par la presse étrangère et le déni de M. de Bismark. Le monde politique sait à quoi s'en tenir. Il reste néanmoins l'émotion de l'affiche dans les moindres hameaux. C'en est assez pour creuser plus profond le fossé qui sépare les deux politiques. Les circulaires de messieurs les préfets étaient assurées de rencontrer un anathème, que justifierait l'audace de prétendre tenir, sous le canon prussien, la représentation nationale, en même temps que Paris, la tête et le cœur de la France.

Depuis, Strasbourg a dû se rendre, et, dans cette situation, Verdun est très-menacé. Il n'y a, dans cette résolution de lutter contre l'impossible sort, qu'un nouveau témoignage de l'héroïsme des Français dont un déluge de malheurs ne noie pas le cœur. Accablés par tous les coups, enveloppés par la faute de l'ex-gouvernement incapable (traître, comme le disent les soldats), ils s'inspirent de leur désespoir. Ils combattent contre la destinée fatale et visible, plutôt que de prononcer ces mots qui ne semblent pas faits pour eux : « Je me rends. »

C'est un des plus grands spectacles que la valeur accablée par le nombre, manquant d'armes, placée subitement dans un cercle de fer et de mort, ait jamais présenté au monde.

Quelque grandes que soient l'admiration et les sympathies, elles restent en dessous de l'hommage de l'avenir.

Pour le préjuger, il faut se rendre compte de la situation.

Une armée de sept cent mille hommes, suivant l'estimation, occupe le sol français, du Rhin à la Seine et à la Loire. La reddition de Strasbourg, en donnant à l'envahisseur l'Alsace, lui laisse libres 60,000 hommes qui bondissent dans la confiance qu'étend le succès. Metz, s'il vient à céder, ajoutera 200,000 hommes à la force submergeante, à laquelle nous avons à faire tête ailleurs ; cependant, l'investissement de Paris se trouve complété sans cet auxiliaire nouveau. Une armée allemande marche sur Lyon ; une autre est prête, dit-on, à se porter sur Nantes, Rouen, le Havre ; Orléans a été occupé ; si on l'a délaissé, il est à craindre qu'on n'en oublie pas le chemin. — Que le vaillant Bazaine soit forcé de capituler, alors c'est la France qui est exposée, à l'Est, aux atteintes des Prussiens. Si, comme il faut le craindre, les départements occupés sont mis dans l'impossibilité de résister, les communications de l'ennemi avec l'Allemagne, sans trouble, lui permettent d'agir à coup sûr sans rien confier à la fortune. Enfin, s'il y a des millions de bras prêts à combattre, le gouvernement qui a précédé leur a-t-il laissé les armes nécessaires, les munitions, les éléments d'instruction pour transformer le bouillant courage en manœuvrier ? L'état de la science, le rôle nouveau de l'artillerie, qui semble rejeter dans l'accessoire le fusil perfectionné, qui lui-même écarte la baïonnette, toutes ces circonstances laissent-elles l'accès aux levées en masse, qui avaient leur raison d'être en 92 ? L'Europe militaire dit non ; et les combattants français de Sedan concordent. Ce serait manquer à son pays et au gouvernement que de ne pas leur rapporter la manière de voir des organes, des hommes d'État désireux de voir échapper la France au gouffre où l'a porté l'empire.

La république française, par les œuvres, legs de

cet homme fatal, s'est donc trouvée de prime abord dans les rêts ourdis par le captif de Wilhemshœhe. Le comte de Bismark et le général Moltke ne semblent pas avoir pris souci des plans du *Constitutionnel*. On peut être un éloquent rhéteur sans avoir le coup d'œil du stratégiste. Provoquer des flots du peuple pour engloutir l'envahisseur au pied des fortifications de Paris est plus facile à dire qu'à exécuter. On pourrait y attacher un espoir et un crédit légitimes, si le courage y suffisait. La France a les hommes braves, ce qui est incontestable : mais où sont les munitions, les canons, les équipements, l'organisation, l'exercice pratique, l'unité, le temps?

Ces logiciens désespérants disent : « Comme on ne peut voir que dans une plus longue résistance de plus grandes souffrances et pertes, nous recommandons le parti sage de faire la part au malheur pour en éviter un plus grand. Le système militaire créé et soutenu par l'empire est en ruines; et que peuvent subitement de nouvelles levées contre des troupes organisées, exercées, comme celles qu'il leur faut expulser?

Le comte de Bismark a déclaré la résistance vaine : c'est le même langage qui nous a été tenu par le chef qui commandait à Sedan. Nous voudrions pouvoir les démentir : malheureusement, les faits sont là. Pour les changer, il faut un miracle; l'homme politique doit-il compter sur les miracles? — C'est dans une pareille situation, qu'après avoir jeté le cri d'alarme pour résister quand il y avait possibilité de le faire, un autre horizon s'ouvre aux foudres qu'a appelé un chef aveugle, entouré de serviles instruments de sa fatale conception. Au sein de difficultés de toute sorte s'engendrant les unes les autres, nous entendons l'héroïsme s'écrier : « Combattre, vaincre ou mourir! »

Puis vient l'homme politique, dont le devoir est de peser les conséquences, de mesurer les moyens au but. L'expérience peut-elle être aussi affirmative dans le sens de l'action qui subordonne la conciliation à la force? Napoléon, après la domination de l'Europe, ne pouvant se résigner dans les limites de Louis XIV, en appela à l'épée. Il y a eu Sainte-Hélène, et la France a été la victime de cette inflexibilité. Sans les Bourbons et la majesté des souvenirs, sacre des siècles, c'eût été bien pis. On leur a reproché les traités de 1815, qui n'étaient pas leur œuvre, et cependant le salut du pays en sortit, tout en lui réservant l'avenir. Si M. Jules Favre, hors les impressions qui l'entourent et le jettent loin des évidences de son esprit et de l'histoire, avait pu se recueillir, libre avec lui-même, et se dire : — « Dans la situation faite à la France, qu'eût fait un grand politique, plus réaliste que sentimental, écartant les sentences pour ne s'attacher qu'au meilleur résultat, M. de Talleyrand, par exemple? »

En se pénétrant de la pensée qui inspira cet architecte de la réparation nationale, on peut conjecturer le parti qu'il eût conseillé dans la perplexité où le neveu de celui qu'il écarta, avec tant de raison, avait placé la France, trois fois livrée à l'invasion par la même famille.

Certes, quatre millions d'âmes, nos sœurs, confondues dans nos souvenirs et notre gloire, — c'est une grande valeur ; la perdre, c'est affreux. Mais si dans le plateau opposé de la balance de l'homme d'État, se trouve l'humanité avec les principes et le sentiment chrétien, aussi le sort d'une nationalité à ne pas risquer dans la continuation d'une guerre impie,—alors peut-être doit-on s'attacher à la paix. Sa réalisation, en laissant respirer le monde, en venant sceller la liberté, ne ferait pas oublier la part

du sacrifice, mais le rendrait moins amer. On rassé-
rénerait le présent si lugubre, en laissant à l'espérance tous les rayonnements de l'avenir. — N'est-ce
pas ce qu'a fait l'orgueilleuse Prusse après Iéna?
Hélas ! il y a des circonstances où la résignation est
la meilleure force du patriotisme, et la patience devient la vertu la plus réparatrice des maux qu'a
amenés l'emportement (1).

(1) L'auteur de la querelle ayant disparu, elle n'aurait dû
lui survivre.

Strasbourg ajoute son héroïsme de 1870 à ses anciennes
lettres de noblesse.

L'amour-propre national n'eût-il pas été soulagé de céder
diplomatiquement, dans la voie de la paix, ce qui lui a été
ravi militairement, sur la route toujours ouverte de la
guerre?

Ce qu'il y a de pis, c'est qu'après nous avoir engagé témé-
rairement, dans la lutte, Napoléon III nous a cassé bras et
jambes, en livrant l'armée qui était la sauvegarde du pays.

LA CAMPAGNE,

LA DÉFAITE ET LA PRISE DE SEDAN.

Ce sont les impressions mesurées aux faits qui forment ce que l'on appelle l'opinion, laquelle, suivant Pascal, « fait tout » en ce monde. C'est ainsi que Napoléon III passait pour *fataliste :* ce que l'on ne saurait mettre en doute, c'est qu'il ne fût la fatalité faite homme.

Le regard de l'aigle, qui peut contempler le soleil, le plus intrépide cœur se troubleraient dans ce tourbillon de désastres qui laisse tomber des lèvres haletantes, sous l'horreur des souvenirs et des perspectives les plus sombres, ce terrible mot : *fatalité.*

Jamais, peut-être, elle n'a imprimé à ce point son sceau sur une série de faits d'un caractère aussi foudroyant.

Prenons seulement, comme exemple, un épisode de cette existence où les contradictions s'amoncellent en nuages, pour en faire pleuvoir les déceptions : c'est la campagne, à partir du commandement en chef pris par l'empereur.

Il débute par nommer des généraux qui n'offrent dans le passé aucun des gages dont a besoin une armée à laquelle on demande l'héroïque tribut du sang. A leur tête apparaît M. Lebœuf. Contrairement aussi à la loi militaire, qui fait d'un commandement en chef la condition du maréchalat, il avait reçu peu de temps avant le fameux bâton. Dans la presse et l'armée, ce fut un murmure, et pour l'Europe, une surprise (1).

Le général Frossard, favori de l'empereur, dont le seul titre connu était d'être le gouverneur du prince impérial, reçoit le commandement en chef d'un corps d'armée. Il ouvre la campagne par la représentation *Franconi* de Saarbruck, qui amène les représailles de Wissembourg, ce premier acte du drame de sang où la France va se trouver enveloppée.

Wœrth suit de près : ici l'armée était commandée par un Bayard, mais le général en chef manquait.— On avertit le brave maréchal Mac-Mahon de l'insuffisance de ses troupes, il attaque quand même. Il est juste de faire remarquer que de Failly (2), en s'immobilisant, amène cette déroute sur Saverne. C'était pire qu'une défaite, car la défaillance, manifeste à tous, dans le commandement, de l'insuffisance des chefs, commence cette démoralisation contagieuse du soldat. Non-seulement celui-ci, en perdant la foi, sent affaisser son moral, mais l'ennemi sent grandir sa confiance, ce puissant ressort de la victoire. L'observateur même non militaire peut entrevoir les désastres qui sont dans la logique de la situation, par *l'illogisme* de l'empereur, de son état-major, par l'imprévoyance dans toutes les branches qui constituent cet ensemble, où excellait Napoléon Ier. Les traditions que gardèrent la Restauration avec les

(1) Les principaux organes étrangers l'exprimèrent, notamment le *Times,* etc.

(2) Il commandait en chef le 5e corps.
Encore un homme de malheur : à Wœrth, où il laisse tonner le canon sans marcher à ce signal non équivoque, et à Sedan, ainsi qu'on le verra plus tard. Il n'avait d'autre titre à un poste si éminent que l'indécente bouffonnerie : « Les chassepots font merveille. »

Saint-Cyr, Bellune ; le gouvernement de juillet, avec les Soult, Clausel, Bugeaud ; la République de 1848 sous la forte main des Lamoricière, Changarnier, cet ordre dans les services et les dépenses de l'armée, qu'en avait fait le second Empire, affranchi de contrôle ? — On le sait : on l'a vu. — La forfanterie, les mots sonores des victoires du premier Empire rappelés à tout propos, un chauvinisme passé à l'idolâtrie pour le nom de Bonaparte, voilà ce qui restait au pays, qui avait le budget de guerre le plus chargé de l'Europe. — C'est qu'il faut revenir à la justesse du proverbe : « Tant vaut l'homme, tant vaut la terre. » L'empereur jouait au soldat, et démantibulait les forces vitales de la véritable organisation militaire ; il avait toujours à la bouche les trophées et symboles glorieux, et le favoritisme de ses caprices se glissait dans le choix où la capacité seule peut sauvegarder nation et souverain. — Toujours la fatalité, celle d'un pouvoir immense qui met la main à tout, pour détruire sans rien fonder : on dirait la monomanie qui vient de conspirer contre l'œuvre collective des siècles et de l'expérience.

Un cri de réprobation s'élève de toute part. — Chacun voit le péril. — En vain Bazaine jette sur le malheur de nos armes des éclairs fulgurants, entre autres l'engloutissement à Jaumont, de tout un corps prussien. En vain on improvise de nouvelles armées précipitées à la frontière. — Voilà l'instrument, il est fourni même de belle qualité, une artillerie superbe y est jointe. (Hélas ! nous en avons pu juger à Sedan, où nous l'avons énumérée captive.) Mais l'esprit qui anime, pousse la matière dans ce maniement d'hommes à relier, ah ! c'est le commandement. Les grands capitaines font les bons soldats ; et les bons soldats, sans la direction d'ensemble, feront des prouesses, mais ils seront seulement des braves dans une défaite. Or, ce destin, aujourd'hui dans les conditions de la guerre actuelle, l'héroïsme poussé au délire, non-seulement ne le conjurera pas, mais le rendra plus fatalement inévitable. La mécanique annule l'homme, qu'elle oblige de la servir : l'artillerie et la tactique annihilent la baïonnette et l'élan qui ont valu tant de succès français.

Les revers s'étaient succédé comme grêle. Le moment est suprême ; il s'agit d'arrêter un plan stratégique de réparation, on peut dire de salut. — Deux opinions étaient en présence. — La première était celle qui consistait à rejoindre avec 110,000 hommes, formés au camp de Châlons, le maréchal Bazaine, de le dégager entre Metz et Montmédy, où dix-huit cent mille rations de toute nature étaient *concentrées*. — Cette jonction des deux armées formait une masse de 240,000 hommes, qui, à en juger par la contenance, la solidité, les faits particuliers de Bazaine, devait mettre en déroute l'armée réunie entre la Meuse et le Shiers, du prince Frédéric-Charles et du général Steinmetz. De la sorte, le prince Frédéric-Guillaume, après le refoulement de la première armée, se fût placé entre cette masse de 240,000 hommes et la ligne de la Marne, sa base d'opération. Sa situation devenait pleine de périls, puisque derrière lui se trouvait Paris déjà en état de défense, et, autour de l'ennemi, la France. Ce projet émanait du ministre de la guerre, que sa situation exceptionnelle de chef du cabinet retenait à Paris. Il y était réduit à être principalement un recruteur d'hommes et un pourvoyeur du matériel, laissé dans un grand état d'insuffisance. L'auteur du plan n'eût pu lui donner un démenti dans l'application, par une méprise qu'il eût commise contre lui-même. En effet, Sedan se présentait comme un tombeau égaré, ce ne pouvait être pour le stratégiste le champ de bataille que désignait la topographie de la marche, d'accord avec le but à poursuivre.

L'autre plan sacrifiait d'emblée Bazaine, Metz le grand arsenal. On eût lapidé J. Favre, dit-on, s'il eût fait l'abandon à l'ennemi de places à sa merci, dans une situation *désespérée*. Comment aurait-on qualifié, grand Dieu, cet écart immense de l'est de la France, de l'abandon de Bazaine, qui, seul, est resté fort, si on l'eût jeté en holocauste à une retraite qui livrait, sans coup férir, notre plus solide armée et le meilleur, le plus populaire de ses chefs? La question a été soumise à un conseil; il fut d'avis, le maréchal Vaillant en tête, de se porter au déblocquement de Metz et de la rencontre de Bazaine.

Malheureusement, l'empereur, quoique passif en apparence et en principe, restait à l'armée, dont la Constitution le faisait le chef, et c'était à Mac-Mahon que l'exécution était dévolue. Il faut être juste; comme au temps de Benedeck, l'opinion, qui a des erreurs d'optique lointaine, la presse, qui a des engouements irréfléchis et fait les réputations, avaient placé sur le nom et le prestige de Magenta des espérances et un résultat qui devaient avoir un triste lendemain.

Le succès d'une manœuvre vraiment française, la seule même qui répondît au tempérament national jaloux d'aller en avant, se fondait sur une avance de trois à quatre jours qu'avait l'armée française sur le prince royal, dont la marche sur Paris allait atteindre Épernay. De la jonction projetée dépendait le sort de la guerre. L'attitude de Bazaine, qu'on n'a pu ni forcer ni paralyser dans les rudes pertes qu'il inflige journellement, la résistance qu'oppose Paris ne permettent plus le doute sur les conséquences de ce plan, s'il eût été vivement exécuté.

Une comparaison de la distance parcourue par les

deux armées, dont nous avons pris l'état, en ce qui concerne les étapes prussiennes, sur un livret allemand à nous communiqué, dénote la première faute dans l'exécution.

Est-ce l'empereur, général fantastique, qui serait venu encore interposer sa funeste autorité et une influence regrettable que subissait Mac-Mahon? Est-ce l'indécision, une insuffisance dans la tactique qui ont fait défaut à la stratégie? Quoi qu'il en puisse être, voici d'autres fautes de détail : on ne rompt pas des ponts qui facilitent le passage et l'avance de l'ennemi. Il y a pis encore. On se détourne du chemin direct pour se laisser acculer à l'extrême frontière. Ce n'était pas la voie topographique, ce ne pouvait être la direction du plan. Le sens commun indique qu'il consistait à se diriger sur Metz, par Verdun, sous la protection de cette ville fortifiée et du passage qu'elle assurait.

On pouvait comprendre une marche rapide et directe de Châlons sur Montmédy, car l'armée du prince royal s'était trop avancée pour arriver à temps. Il était, par suite, distancé de 60 heures.

Mais, pour la manœuvre stratégique, dont la netteté saisit l'œil, il y avait une condition élémentaire. — Il fallait garder, par une marche rapide dans la vraie voie, l'avantage de distance qu'on avait sur le prince royal, qui s'était trop avancé, dans l'ardeur intempestive de se rapprocher de Paris. C'était la faute qu'il avait commise ; à un général pourvu comme l'était Mac-Mahon, il appartenait de la lui faire expier. *Aux rapides la victoire.* Le maréchal ne sembla pas s'en douter. La réussite consistait dans la prompte mise à exécution de la marche de Châlons sur Metz, par Verdun et Briey. Frédéric-Guillaume s'était trop détourné pour arriver à temps. Des pluies qui le surprirent dans un terrain mou-

d'effondrement ajoutèrent un retard de 24 heures
aux 60 qu'il avait perdues. Il lui fallut, comme Blu-
cher à Waterloo, réparer par les efforts du soldat. Le
prince royal, un habile adversaire, même un grand
général, revenu de son illusion, gagne de vitesse, et
toutes ses colonnes se portent de front sur la marche
de flanc de notre armée. On ne peut donc se rendre
compte de ce que M. de Bismark, dans son langage
pittoresque, appelait la *marche ondoyante* de Mac-
Mahon sur Sedan.

L'étoile malheureuse de Wœrth se retrouve dans
une nouvelle défaillance de Failly, à la tête du
5ᵉ corps. Toujours négligeant à se garder, à s'éclai-
rer, d'une présomption de discours qui laisse l'acte
en désaccord, il s'était laissé surprendre par l'arrivée
subite du prince de Prusse, dont la hardiesse dans
la rapidité est assez connue pour engager à la vigi-
lance. — Il en résulta un premier désordre dans le
5ᵉ corps (de Failly) ; il réagit sur l'armée entière.

Le général Vinoy formait, en outre, une arrière-
garde de 22,000 hommes, qu'il pouvait augmenter
de 10,000 hommes de la division Exéa, à Reims, qui
faisait partie de ce corps d'armée, soit 32,000 hommes.
Tous ces calculs, dispositions, se liaient à la marche
sur Verdun.

Ce n'est pas tout : lorsqu'à la lenteur du mouve-
ment d'attaque correspond la marche rapide d'un
ennemi qui devait frustrer la distance, on ne rompt
pas même les ponts. Il y a trouvé des facilités ines-
pérées en gagnant du temps, ce capital qui, bien
employé, contribue tant au succès.

Il est une faute qui ne s'explique, de la part d'un
homme de guerre, que par le trouble, les déviations,
les embarras que la présence de l'empereur a susci-
tés : Mac-Mahon abandonne les hauteurs qui domi-
nent Sedan. Pour quiconque suivra, étudiera la

topographie du champ de bataille, celui où l'empereur a attiré Mac-Mahon, présageait la défaite. —
C'est écœurant. — Il est, en effet, des points dont
l'occupation, si elle n'assure pas absolument la victoire, la préparent et la facilitent. Telles furent, à
Waterloo, les fermes de la Haie-Sainte et d'Hougou-
mont. Elles formèrent les attaches du plan de bataille de Wellington, dont le centre était le Mont-
Saint-Jean.

C'est dans des proportions plus largement lugubres qu'il faut mettre au crédit de l'action prussienne
et de ses résultats l'occupation du point culminant
abandonné par Mac-Mahon. Il domine la plaine et
les versants qui devinrent le tombeau de tant de
braves, notamment de cette admirable infanterie de
marine dont nous avons vu le glorieux mais sanglant
calvaire. Nous y avons trouvé encore épars, sous les
témoignages de leur bravoure, par les armes bri-
sées, une foule de leurs livrets, recueillis pieusement
par un compatriote, pleurant sur tant de vies inuti-
lement sacrifiées. — Enfin, Sedan, sous le feu
d'une pareille position, ne pouvait être qu'un monceau de cendres et de débris humains : une formidable artillerie sur ce point, c'est une ville, une
population, une armée à merci. — C'est ce qui
arriva. Alors il n'y avait plus qu'à pousser le cri
de désespoir de Brutus. Il retombait comme un anathème, dont l'écho retentira jusqu'à la postérité la
plus reculée.

Si l'histoire n'offre pas l'exemple d'une pareille
capitulation, elle n'a pas d'entreprise à mettre en parallèle avec celle dont Paris est la cible en ce moment, dans un cercle de 50 kilomètres d'enceinte,
environ. — Non, le siége lamentable de Jérusalem,
par Titus, n'est, en comparaison, qu'une entreprise
lilliputienne.

Voici un galbe pris sur les lieux (1), et après les plus minutieuses informations fournies par les acteurs et témoins. — L'histoire mettra en lumière le rôle et la responsabilité de chacun. Le maréchal Mac-Mahon peut être assimilé à un Bayard, à un Murat : mais non-seulement il semble étranger à l'art des calculs et combinaisons de l'école des Turenne, Condé, Napoléon, mais il a fait chanceler, faute de décision, faute d'aller devant soi, le plan dont il a été le bras inhabile. Une fois de plus, le monde aura appris que le plus fier courage, sans la science militaire, sans la précision des mouvements, découvre des braves qui savent mourir, mais ne donne pas la victoire.

(1) Nous nous proposons d'en faire le récit. L'heure n'est pas venue d'en saisir les lignes multiples. C'est une bataille qui n'a peut-être pas de parallèle dans les annales. Nous tenons aussi à la disposition de beaucoup de familles, auxquelles avis en sera donné, les papiers ramassés, témoignage glorieux pour ceux qu'elles regrettent.

LE MOT DE LA FIN.

Il reste un fait étrange, auquel le manifeste, plus qu'*indiscret*, du prisonnier de Wilhemshœhe, vient ajouter une signification sinistre. Celui que le roi Guillaume tenait comme responsable du crime et des conséquences de l'horrible guerre, sans précédents analogues, « reçut, suivant sa propre déclaration, des informations journalières des événements, comme si le roi voulait en appeler à son prisonnier des épreuves que les armées prussiennes imposent à la France, dans un intérêt qu'il croit celui de l'Allemagne.

« La communication (1) du comte (de Bismark), dit-il, me confirme dans cette opinion. Mais le temps est-il bien venu pour moi de répondre à cette double attention par l'expression de ma pensée ? »

Cette rentrée sur la scène, qu'il a enveloppée dans des désastres dont nul ne pourra jamais peindre l'étendue et tracer la portée, vient mettre le fleuron sur la couronne du cynisme qui brûle ce front déshonoré.

L'homme qui a préparé, conspiré, déclaré la guerre sous le couvert des plus folles utopies, des assurances les plus pacifiques, des évocations belliqueuses, des refrains d'Austerlitz et d'Iéna, mêlés aux fêtes et aux expositions qui semblaient l'abjurer,

---

(1) C'était le compte exact des négociations de Ferrières.
— En apprenant ceci, il semble que l'on soit le jouet d'un cauchemar.

tout à coup ce Protée change de langage, de principe, de programme. Il fixe les conditions de l'al-
liance sur la réalisation contraire à tout ce qu'il a
voulu et a préconisé comme Évangile de sa politique.
Alors les dissidents, les avertisseurs étaient déclarés
félons, anti-Français, parce qu'ils n'acceptaient ni le
dieu ni sa doctrine, encore moins l'immoralité des
procédés qui formaient le digeste et la procédure
frustratoire de l'empire.

Et pour trouver l'Eldorado venant tout à coup
remplacer l'enfer, où l'ex-empereur, ce maître en
perdition, a plongé son peuple vaincu, il ose tracer
et signer de sa main violatrice de tous les serments
un nouveau programme. Là on s'arrête confondu,
car l'hallucination le dispute à l'abjection d'un
égoïsme sanglant qui ne croit pas plus avoir besoin
de dissimuler. — On se demande si c'est folie, si
c'est l'endurcissement d'une conscience ahurie par
l'usage des moyens criminels? Sans doute, il y a des
deux. Vérité ou fiction, il y a plus : — c'est l'humiliation que la France ne peut amnistier. Celui qui
n'a su ni commander, — ni combattre, — ni mourir, — ne songeant qu'à lui-même, a fini par l'offre
spontanée de la reddition de son oisive épée. On
avait vu des princes trahis par la fortune, désarmés
par elle sur le champ de bataille; il ne s'en était plus
rencontré s'infligeant le déshonneur de se désarmer
eux-mêmes. Cette humiliation, ce déshonneur tout
ensemble, il était réservé au neveu, indigne héritier
du monde dont la France plébisciaire restait affolée,
de l'attacher à sa personne, d'en faire le spectre de
Banco, au dernier acte de son règne et de sa mémoire
maudite,

Ce n'est pas de la phraséologie ceci. Est-il un
lecteur qui, en égarant la pensée de cette réflexion
sur le personnage, ne trouve et n'avoue que c'est bien

la physionomie prise au daguerréotype de la conscience révoltée? Alors s'est offerte à elle le miroir que réfléchit le lugubre tableau.

La vérité en fera l'arrêt de l'histoire.

Après la conspiration et le crime de sa guerre purement dynastique, on le sait, celui écrasé, détrôné et captif vient apporter à son possesseur son opprobre comme garantie de sa soumission.

C'est pourquoi il ne craint pas de lui affirmer ce qui suit :

« L'exposé sincère et concis de la vérité a toujours établi entre la France et moi un courant sympathique que rien ne pourra détruire. Il me suffirait, je le crois, d'affirmer que notre honneur n'a aucune atteinte à subir d'une réconciliation basée sur le désarmement de forteresses devenues alors inutiles, et sur le principe d'une indemnité de guerre à fixer par État, pour que la paix devînt possible. »

« Ces conditions peuvent empêcher la France de recourir à des extrémités qu'un caprice du hasard suffirait pour rendre mortelles à l'ordre social européen.

« Ramenée par l'expérience à la saine appréciation des divisions qui la déchirent, et délivrée du fléau de la guerre, la France n'hésiterait pas à reconnaître qu'obligée d'attribuer ses malheurs à son manque d'unité politique, elle doit désormais attendre sa prospérité de l'inviolabilité strictement observée des institutions. »

On le voit, il s'est peint au naturel dans ce sans-façon de cynisme. Serait-ce une mystification apocryphe?

Cet homme ne semble pas se douter du poids qu'il a attaché à son fatal souvenir. — Par sa faute, à cette heure, Paris, le charme du monde, le centre de tous les intérêts, est enfermé dans un cordon de souffrance, de mort, de perspectives qui terrifient les moins sensibles ; ce Versailles, le plus somptueux des palais où le grand roi semblait toujours attendu, consacré aux gloires de la France par Louis-Philippe, a pour protection la croix rouge désignant l'hôpital des blessés prussiens. Tout ce que le génie, la célébrité, l'héroïsme conçut y a son image dans les salles livrées aux soldats de la rude Poméranie, dont la présence est insultante. — Dans ce temple de la magnificence, nos plus glorieux symboles se détachent au milieu des baïonnettes qn'ils ont annihilées si souvent. Le Germain y fourbit ses armes pour en détacher la rouille faite par le sang : d'autres attachent aux parquets, aux merveilles de l'art, la tache de la pustule purulente de leurs blessures : les convalescents y mangent, avec l'appétit d'un conquérant, le mouton et la poule que les réquisitions donnent à bon marché, peut-être gratuitement.

Il ne s'agit pas du service *du roi* de France, dont la présence enrichissait et réjouissait : il s'agit de celui d'un souverain envahisseur. On a dit que l'escalier de l'étranger était dur à descendre. Que ne devrait pas ressentir un de ceux qui ont abordé celui de Versailles, en sachant les nobles marches de ses éblouissants marbres foulés par le pied étranger !

L'hôte qui y était traité en ami, il y a quatre ans, va les occuper en vainqueur. Celui qui lui en faisait les honneurs, où est-il ? Captif dans un palais, il conspire encore, aux dépens du peuple qui lui a tout livré, et qu'il a dépouillé, trompé, exploité de toutes façons, qu'il a finalement conduit à une défaite qu'on doit à son incapacité. Cependant, lui, calomniateur de son armée, ne manquera point, par la voix gagée de ses émissaires, auprès des paysans. de mettre son propre méfait sur le compte de la trahison.

.Le cynisme qu'étale ce grand coupable peut indigner, non étonner. — C'est la série des fatalités qui s'appellent et s'engendrent.

Mais que Guillaume, que M. de Bismark, que l'Allemagne savante, qui ont la passion des arts et des lettres, pris d'un vertige de vengeance, de sang, d'émulation dans la ruine, s'acharnent sur la victime à eux livrée par un empereur de contrebande, on ne peut l'admettre. Ce serait la crucifixion dans une monstruosité.

Hélas! est-ce qu'on estimerait qu'il n'y a pas assez de sang versé, de deuils allemands et français? Un cri d'angoisse, bientôt accusateur, s'élève de l'univers.

Nous l'avons dit après lord Castlereagh : Prusse, Russie, France, aucune nation n'abuse impunément. Si, comme le déclarait Mme de Staël à lord Byron : « Le monde est trop fort contre quelque individu que ce soit, » — l'Europe et l'opinion du juste, qui confondront les nationalités, ne sauraient être vaincues par la victoire, même la plus foudroyante. Le lendemain est à tous, il est à l'expiation, cette loi dont Dieu a fait la justice qui, dès ce monde, anticipe celle assurée de l'autre.

Quoi! on pourrait songer à exercer sur un peuple cette violence, le plus honteux des outrages que l'esprit du mal peut rêver! Dieu ne laissera pas aboutir au but sacrilége.

Et ce serait pour cela qu'on forcerait une ville qui devrait être un palladium, sous la garde des nations dont elle était l'attrait hospitalier, à renouveler les scènes de Saragosse, à s'ensevelir comme Jérusalem! Quoi! tout à coup une sollicitude subite se serait glissée dans le cœur qui a voulu qu'on suivît la voie criminelle! où Dieu l'a fait tomber. L'innocente victime frappée dans l'honneur, la destinée, la vie, la fortune de ses enfants, profanée dans ses sanctuaires de gloire, pourrait être de nouveau la proie de l'aigle avide et imprévoyant!

Ah! c'est de ce gouffre de désolation que Guillaume, le représentant du droit divin, ferait surgir pour dénouement à son expédition d'Alexandre, non un Darius, celui-là savait mourir, mais le mendiant d'une couronne soumise à sa loi!... Il viendrait, par cette porte honteuse, renouveler une domination qu'on peut abhorrer avec plus de raison que les traités de 1815!

Il y aurait là pour le monde, non la morale en action royale : ce serait l'explosion d'une indignation à faire sauter en éclats les plus solides couronnes.

Il ne resterait plus aux nations soulevées, averties de ce que peut le machiavélisme royal, qu'à suivre à tout prix les étapes des doctrines si redoutables aux dynasties.

La conscience humaine se détournerait d'elles. L'impérialisme n'était pas un abri, c'était le caveau mortuaire, l'arsenal où ce sombre conspirateur, Napoléon III, tramait contre l'Europe; il y avait marqué la place des libertés et des vieilles dynasties.

Il a succombé après avoir fait de la France, si virile et si glorieuse, la Niobé des nations. Il est tombé jouet de lui-même. Au lieu de demander la gloire à la vérité, à la vertu, il a voulu emprunter le triomphe à la ruse. Mais les faveurs de la fortune, moins capricieuse qu'on le suppose, ne s'ouvrent qu'au génie qui sait la fixer.

Napoléon III a trouvé sa punition dans le destin même auquel il a marché, sans nul souci des lois divines et humaines, dont il faisait la litière de sa route. — Ici se rencontre la justice providentielle qui a mis son sceau indélébile sur l'anathème des hommes.

L'histoire du monde offrit-elle jamais un plus

grand *erudimini* dans le plus dramatique des résultats ?

L'héritier du grand Frédéric, de cette race militaire que Napoléon Ier semblait avoir éclipsée à jamais, est à Versailles, du moins son fils a placé son quartier général dans ce séjour du roi qui justifiait sa devise : *Nec pluribus impar*.

C'est devant la splendide statue de Louis XIV que *Fritz* distribue ses récompenses à ceux qui l'ont amené là.

Souvenirs de notre gloire, est-ce assez de profanation ! Le Prométhée qui prétendait lui apporter un éclat nouveau n'a su que ternir l'ancien. — Son progrès à lui, c'était la défaite avec tous ses maux !

L'héritier de Napoléon le Grand, à cette hauteur où il semblait que nul autre ne pût atteindre, l'héritier de ce conquérant dont l'ombre rendit la France aussi folle qu'imprévoyante, eh bien ! cet empereur défaillant à son nom, à sa famille, à son peuple, à tout, est prisonnier à Wilhemshœhe. Aux lueurs sinistres qui s'échappent d'une carrière, qui devait avoir un pareil et si tragique denouement, l'histoire rougira d'écrire le nom qui a ébloui le commencement du siècle. Il laisse bien loin derrière lui les plus fatals, celui qu'on appellera désormais : *L'homme de Sedan !*

Il s'est fait dans le monde politique un grand bruit
au sujet de l'accusation proférée contre la France
par l'ex-empereur, sans doute jaloux d'accroître le
mépris de celui auquel il a demandé merci. « C'est
qu'en se décidant, contre son gré, à la guerre, il
n'avait qu'à suivre l'irrésistible impulsion du pays
qui s'y obstinait. » — Rien n'est moins vrai.

Devant cette étrange énonciation, le roi Guillaume
a laissé tomber ces mots dédaigneux : « Ce sont vos
ministres (c'est-à-dire vos créatures) qui ont excité
l'opinion publique au point de rendre la guerre inévitable. »

Rien de plus incontestable.

En 1866, autant M. Thiers, le véritable homme
d'Etat et le chef du grand parti constitutionnel qui a
la paix pour base, a cherché à empêcher ce qui s'est
fait en Prusse ; d'accord avec l'opposition, autant,
après le fait accompli, il était d'avis qu'on ne revînt
pas sur l'œuvre qu'avait conduite le génie de M. de
Bismark. Le temps avait passé là-dessus. Réagir
contre ce que l'on avait loué était une félonie inter-
dite à l'empereur, après sa bruyante approbation. La
Chambre, le Sénat y avaient applaudi. Il est vrai
qu'ils devaient se donner un flagrant démenti par la
déclaration de la guerre.

L'affaire Hohenzollern vint par le fait de Napoléon III et de ses intrigues pour empêcher la candidature du duc de Montpensier d'aboutir.

On réclama, la Prusse céda. M. Olivier, le chef du

cabinet, trouvait le résultat magnifique ; le lendemain, il change comme une girouette ; de la paix il tourne à la guerre, sur un signe du maître.

C'était insensé, alors que l'on avait en mains, sous le consentement loyalement donné par Guillaume, le retrait de son neveu Léopold.

M. de Gramont, avec ses fanfaronnades et avec sa fausse dépêche qu'il n'a pas voulu produire, à la sommation de M. Thiers, M. Benedetti, avec de serviles complaisances, digne pendant de ses maladresses, M. Lebœuf venant étaler ses ressources de guerre qui n'existaient que dans son imagination, voilà ceux auxquels il faut renvoyer l'imputation faussement dirigée contre la France.

A l'étranger, il y a une fausse optique lointaine qui trompe sur ce qu'il est convenu d'appeler l'esprit belliqueux de la France.

C'était vrai à un certain point de vue : la Restauration, comme lé règne de Louis-Philippe, même la République de Lamartine ont eu pour principal dissolvant cet esprit du bonapartisme tapageur, chauvin, qui a pris toutes les formes pour tenir en fermentation et irriter la susceptibilité nationale.

Elle avait pour apôtres les officiers de l'ancienne armée de la Loire, dans les estaminets les sous-officiers. Chaque soldat laboureur était le Salluste du nouvel Alexandre, aux veillées du village.

C'est là que s'est trouvé, que se rencontre encore, incurable en dépit de cette cascade de malheurs, le fanatisme chronique de l'empire. Pourquoi ne l'avouerions-nous pas? C'est la queue venant enlacer la tête.

Ainsi s'explique tout ce qui s'est produit, par les plébiscites et les comédies usurpatrices auxquelles on a eu recours.

Il n'y avait qu'un Napoléon, disaient les panégyristes de l'empire, capable d'obtenir tout du peuple ; c'est vrai. Il s'est fait concéder par lui le droit insensé de le conduire à la boucherie, d'ensanglanter, de ruiner la France. C'est fort, et pourtant on l'a vu.

Bien longtemps encore, le paysan ensorcelé est persuadé que si l'empereur a succombé, c'est qu'on l'a trahi. Les pères de ceux-là ne pouvaient croire que la *petite redingote grise fût morte*. Pour eux, ce César était immortel.

Si la raison a toujours tort contre la passion, a dit Montesquieu, à *fortiori*, l'homme d'Etat n'aura-t-il aucune créance contre l'indéracinable superstition de l'ignorance.

Et c'est si vrai qu'à l'opposé des campagnes, les villes, siége de plus de lumières, hostiles à l'empire, voulaient d'autant moins la guerre, que vaincre c'était affermir le joug et accroître le prestige de celui contre lequel elles étaient coalisées dans toute élection. Paris, Lyon, Marseille, Bordeaux, le Havre, les plus grands centres, mettent cette assertion hors de conteste.

La presse de l'opposition, comme le *Journal des Débats*, qui cependant avait connivé avec les faveurs de l'empire, la *Cloche*, la *Marseillaise*, le *Rappel*, le *Temps*, l'*Union*, la *Gazette de France*, la presse dite orléaniste, Rochefort, l'oracle de la classe ouvrière, récusaient la guerre offensive et n'admettaient que la guerre défensive.

L'impérialisme et ses journaux, remarquables par leur violence, M. Granier de Cassagnac, qui déclarait que, « ministre, il eût fait juger tous les députés de l'opposition par une cour martiale et les eût fait condamner à une fusillade générale, dès le moment qu'ils osaient critiquer l'acte du gouvernement destiné à produire de telles misères », — enfin, l'Impé-

ratrice, entraînant les maréchaux — les Lebœuf, les
Failly, les Frossard, dont l'incapacité a perdu l'armée et a fait dévorer les extravagants sacrifices
demandés au pays, le prétorianisme, qui en était
encore à voir dans la guerre le retour des moissons
du premier empire, l'empereur, dont la faiblesse est
bien connue par M. le comte de Bismark et la diplomatie européenne, voilà ceux que l'histoire désignera,
sur cet océan de douleurs, comme les fauteurs. Qu'ils
aient, au moins, la pudeur de ne pas jeter leur
odieuse responsabilité sur leur innocente victime, la
France, notre malheureuse patrie.

On ose parler de l'opinion de la France, on s'en
inquiétait bien. A-t-elle arrêté la folie du Mexique?
Le patriotisme le plus éclairé, qu'il se produisît à la
tribune ou dans des publications, restait sans écho.
Un des plus élevés du règne disait un jour, dans le
salon de Mme Ratazzi, « qu'importent Thiers, Berryer,
J. Favre, n'avons-nous pas les paysans? Par eux, la
majorité nous appartient ». En effet, les candidatures
officielles, les seules qu'ils admettent, tapissaient la
Chambre des aveugles créatures du régime impérial.
On peut en dire autant du Sénat. C'était une fiction
législative. En réalité, on ne saurait y voir que le
garde-meuble de tous les caprices et extravagances
du maître. Qui osera dire que, contrairement à celui
dont ils émanaient comme corps de l'État, de la faveur duquel ils attendaient le lot de leurs familles,
ils auraient agi dans la liberté de la Chambre des
communes, ou même du Parlement du Nord?

Et mettant d'accord la propagande de la rue, gri-
voise et sardonique dans les cafés chantants, c'était
la *Marseillaise*, cette cantate qui n'est pas faite pour
rassurer le droit monarchique, *tas de Prussiens, vou-
lez-vous danser?* — C'étaient les processions sur les
boulevards, par l'encouragement et la solde de la po-

lice, enfin mille démonstrations ridicules qui avaient besoin de l'agrément et de la tolérance de M. Piétri. — Les stipendiés criaient : *Au Rhin! A Berlin!* Au burlesque, à Paris, correspondait l'excitation par les libations prodiguées aux soldats sur leur passage. C'est ainsi qu'on procédait pour entraîner la France et les simples dans cette arène de sang et de ruine !

Le provocateur, le faiseur de programmes, le faussaire de ses promesses, c'est celui qui a fini sa carrière comme il l'a commencée, par la perfidie et le crime ! Mais reporter sur la France les torts, c'est le dernier trait du cynisme (1).—L'Europe, trompée elle-même par les feintes et prétextes mis en avant pour lui faire accepter le coup d'État, pourrait-elle voir dans la France adhérente d'autre grief à lui imputer que celui d'une trop grande faiblesse? La presse administrative avait fait du suffrage universel une pure dérision.

Au souvenir de tant de bévues et de défaillances de ce droit démocratique si exalté, revient l'à-propos de ces paroles de l'Évangile : « La lumière luit dans les ténèbres, et les ténèbres ne l'ont point comprise. » — La république a-t-elle, dans la vertu mystérieuse de son titre, le pouvoir de racheter le péché originel, c'est-à-dire, d'une part, l'ignorance des masses rurales, de l'autre, le socialisme incohérent des Catilina des villes? Nous le désirons vivement.—Mais ce qui se passe sur des points divers est fait pour attrister

---

(1) Au moment où nous révisons l'épreuve, on répand une Note intitulée : *Les Idées de l'Empereur.* Il n'y a rien de pareil dans le monde, en fait d'impudeur. Quoi ! le sang inonde, la vague de toutes les ruines monte. Cet halluciné d'une ambition chronique, ce monomane épris de lui-même, mis au ban de la conscience humaine, ose dire :

« L'exposé sincère et concis de la vérité a toujours établi entre la France et moi, un courant sympathique. que rien ne pourra détruire. »

le patriotisme. Toujours l'intolérance, mais jamais
la liberté ; on l'invoque et on la profane. Devant une
invasion comme celle qu'il s'agissait de combattre,
il y avait à grouper toutes les forces. Est-ce bien là
ce que font MM. les préfets ? Ce qui frappe l'Europe,
ce qui arrête la sympathie chez les esprits à l'étranger, qu'il est si essentiel de se rendre favorables,
c'est cette fausse situation. Nous avons eu l'arbitraire
de l'empire. Celui des commissaires, en dehors de
toute investiture et sanction populaire, n'est que la
forme hybride de l'impuissance.

Le courage de la vérité, c'est le devoir du citoyen,
c'est l'honneur de l'écrivain. Après l'avoir dite à l'empire, qui nous avait marqués de son sceau de réprobation, nous poursuivrons la mission qui nous vau-
dra sans doute la disgrace républicaine, non moins
que l'ostracisme impérial.

Dans le nombre de ces implacables triomphants,
il se trouvera plus d'un plébiscitaire hier, aujour-
d'hui irréconciliable contre la paix.

Mais demain ?

Attendons.

L'INCOMPATIBILITÉ,

Le principe représenté par Louis-Napoléon,
c'est l'investiture par les masses, celui dont
Guillaume est le symbole, c'est le droit traditionnel qui s'appuie désormais sur l'unité ger-
manique.

(LA PRUSSE ET L'EUROPE (1866),
par le comte ALFRED DE LA GUÉRONNIÈRE).

Se figure-t-on l'empereur ramené au trône tel
qu'un aigle échappé de la capitale prussienne? Un
des côtés des ailes éployées serait le terrorisme
étranger, l'autre serait le plébiscite, qu'on peut appeler la penne de l'ignorance.

Le plébiscite, c'est l'arme des coups d'État en per-
manence, c'est la flèche empoisonnée des anarchies
qui se parent d'un faux semblant de la voix populaire. Il est prêt, suivant les temps et les hommes, à
sanctionner la démagogie sans loi, comme à écus-
sonner le despotisme d'un autocrate sans frein : le
plébiscite, c'est l'insurrection des passions les plus
basses contre ce qui est d'institution divine; il est la
négation audacieuse se couvrant de la déraison populaire. Dès lors, qu'on jette à Dieu cette ironie, au
monde ce sophisme, on soumet les couronnes, les
principes sociaux à l'arbitraire du nombre, qui n'est
que l'abus de la souveraineté du peuple. Le principe
monarchique qui y souscrit rend les armes à la révolution : il est à sa merci, comme Napoléon III en
rendant son épée à Guillaume. C'est avec et par la

mise en œuvre d'un tel empirisme, que la fiction d'aujourd'hui devient la réalité sinistre demain.

A ce point de vue de l'horizon, le socialisme se découvre menaçant. On voit, au-dessous de lui, l'abîme, où royauté, droit traditionnel, propriété, principes fondamentaux, doivent s'effronder dans un commun naufrage.

Comment croire qu'un roi de droit divin puisse s'oublier, au point de devenir le consécrateur d'un empereur plébiscitaire? Quel monstrueux mariage! Il ferait sentir aux nations indignées la nécessité d'un divorce avec de pareils époux profanateurs des vertus, sur lesquels se fonde la société. Au résumé, elle n'est que la famille collective de l'humanité. — Là où il n'y a pas libre consentement, où il y a violence, il y a nullité.

Le monde moral serait violé dans son essence par cet accouplement d'anarchie et d'arbitraire. Qui l'emporterait, des faussaires du droit dit divin ou des carbonari sous le diadème, tel que Napoléon? — Entre eux, il ne resterait, en vérité, qu'une révolution radicale.

Telle serait cependant l'expiation inévitable réservée à ceux qui auraient, dans cette aventure, perdu plus que le prestige si nécessaire, cependant; ils auraient porté à la conscience humaine un de ces coups qui tuent à jamais la foi.

AVIS AU LECTEUR.

L'impartialité qui est l'honneur de l'écrivain est, pour lui, un impérieux devoir envers le public. C'est pourquoi l'auteur de cet opuscule doit finir par une observation consciencieuse.

Tout ce qui a trait à la politique dans cet écrit répond à des études et vérifications qui excluent le doute, et qu'il est permis d'offrir, avec confiance. — Relativement à la portion militaire de Sedan, c'est sur les lieux mêmes que l'opinion déduite a été formée. — Il est des faits encore dans l'ombre ; — tel est celui relatif à l'engouffrement de Jaumont. — Les Allemands le nient. — Malheureusement, le système de falsification, mis en pratique par le gouvernement impérial, et de notoriété européenne, a amené beaucoup de démentis qui ne peuvent que s'étendre. — C'est ainsi qu'on a abusé la France. — Le mensonge du monopole avait de vastes proportions que dépassent encore les conséquences qu'il a produites. — La dynastie *per fas et nefas* était l'unique préoccupation officielle, il lui semblait que la France ne fut qu'une ferme à fonds perdu.

L'article emprunté à l'*Écho du Parlement* est le daguerréotype fidèle d'un point de vue commun à ce journal et à tous les grands organes de la presse étrangère, depuis le *Times*, le *Daily News*, le *Daily Telegraph*, jusqu'au *Journal de Saint-Pétersbourg*, — tous jaloux, impatients, de voir la France restituée dans la paix. Suivant leur appréciation, elle est le seul moyen de fermer les plaies faites par le gouvernement déchu.

Le ministre des affaires étrangères n'est pas aussi affirmatif que l'était la proclamation de ses collègues de Tours sur l'exigence réelle ou prétendue de la Prusse par rapport au Mont-Valérien. A la vérité, M. Jules Favre rapporte que, dans le cours de la conversation qu'il a eue avec M. de Bismark, celui-ci a indiqué, comme une des conditions de l'armistice, l'occupation d'un fort dominant Paris, *celui du Mont-Valérien, par exemple,* mais seulement pour le cas où l'Assemblée constituante se réunirait à Paris. M. Jules Favre lui ayant alors proposé de convoquer l'Assemblée à Tours, et de ne prendre aucun gage du côté de Paris, M. de Bismark promit d'en référer au Roi ; mais, après avoir consulté Sa Majesté, le chancelier fédéral insista sur la reddition de Strasbourg, et c'est sur le refus de M. Jules Favre d'acquiescer à cette condition que les pourparlers ont été rompus. Or, comme nous l'avons dit hier, au moment de la rupture des négociations, cette place

7

ne pouvait plus tenir que quelques jours. L'événement vient de confirmer nos prévisions.

Les journaux de Londres sont unanimes à regretter que le gouvernement provisoire de Paris n'ait pas accepté les conditions « modérées » de M. de Bismark. Il est plus que probable que M. Jules Favre lui-même ne trouvait rien d'exorbitant dans les demandes formulées par son interlocuteur; il devait savoir qu'un armistice ne pourrait être obtenu qu'au prix de certains sacrifices, et il ne pouvait se dissimuler que la reddition de Strasbourg, de Toul et de Verdun ne faisait qu'anticiper sur le sort imminent de ces forteresses. Mais comment traiter sur de telles bases! comment subir l'humiliation de céder l'héroïque Strasbourg, dont la statue était journellement l'objet des ovations des Parisiens, et Verdun avec ses magasins de munitions de toute sorte, au moment même où les journaux du gouvernement annonçaient un engagement victorieux avec les Prussiens devant Paris? Le *Daily News* n'a sans doute pas tort lorsqu'il attribue la rupture des négociations à la crainte du gouvernement de froisser les exaltés de Paris.

L'Homme de Sedan.

—

Ce titre seul nous dit que la brochure que vient de publier à Bruxelles le comte Alfred de la Guéronnière n'a rien de commun avec les travaux du ci-devant brochurier impérial, journaliste officieux et diplomate, le comte Arthur de la Guéronnière, à qui la chute de l'empire vient de donner des loisirs.

Ces deux écrivains sont aux antipodes. Ce que l'un n'a cessé d'encenser, l'autre le flagelle et le fustige d'une plume rude qui est à celle de l'ex-secrétaire de M. de Lamartine ce qu'une bonne vieille lame ébréchée, mais flexible et leste, est à une épée de parade.

L'auteur a vu de près cette espèce de cour de miracle qui pendant près de vingt ans s'est prélassée aux Tuileries et la silhouette qu'il trace du César en ruolz, si elle n'est pas flattée, fait songer aux célèbres eaux fortes par lesquelles Jacques Callot s'évertuait à dégoûter l'humanité de la guerre en dévoilant ses plaies hideuses et purulentes.

Le Napoléon de M. de la Guéronnière (Alfred) est une espèce de Robert Macaire taciturne : Napoléon le *Sedentaire!*

A quoi bon, demanderont quelques âmes miséricordieuses, cette exécution après la chute?

Dieu bon ! mais pour empêcher la résurrection de

celui qui, d'après l'épigraphe de la brochure, mourra dans l'impénitence finale.

L'idée monstrueuse de la restauration du régime impérial, dont on repoussait la possibilité et qui cependant planait ces jours derniers comme une menace sur la France et l'Europe, a déterminé l'auteur à reprendre sa plume. Ce n'est qu'en retranchant la vie de celui qui se nomma Napoléon III, en retouchant derechef du doigt chaque fil de sa politique tortueuse qu'il arrive à la conclusion que « l'histoire, écho courroucé du sentiment public, n'aura pas à gémir sur une restauration où le crime entraînerait la politique et la diplomatie de l'Europe, comme le spectre, dans la danse macabre, enchaîne la Victoire. Ce serait, dit l'auteur, pis que la résolution de la violence, ce serait le sacre par le mépris. »

On le voit, le style n'a rien d'académique ; la forme est rude, rocailleuse, — mais la pensée fait saillie, et par-ci par-là des mots crus se font aisément pardonner leur trop grand sans-gêne ; ils jaillissent tout vifs d'un immense mépris et d'une grande douleur.

www.ingramcontent.com/pod-product-compliance
Lightning Source LLC
Chambersburg PA
CBHW060454260626
47161CB00005B/2093